Colum McCann Hungerstreik

Zwei Seestücke

marebuchverlag

marebibliothek
Autoren erzählen ihre Geschichte vom Meer
Herausgegeben von Denis Scheck
Band 18

Wege zum Meer 7
Hungerstreik 25

Wege zum Meer

Es gab eine Zeit, und das ist noch nicht so lange her, da fand ich die Familie, in der ich aufwuchs, nicht sonderlich interessant. Wir waren eigentlich eine ganz normale irische Familie und wohnten in einem Haus mit vier Zimmern am Stadtrand von Dublin, nicht weit entfernt vom Hafen Dun Laoghaire. Manchmal spazierten wir am Strand entlang, und hin und wieder ging ich fischen, aber im Grunde war es mit dem Meer wie mit meiner Familie: Beide waren da, doch ich war mir ihrer nie wirklich bewusst. Und obgleich ich beide, sowohl das Meer als auch meine Familie, sehr gern hatte, fand ich sie bei weitem nicht so spannend wie Flüsse oder andere Familien.

Später fühlte ich mich irgendwie zu den schroffen Ufern, den Windungen des menschlichen Stroms hingezogen. Ich war ein junger Journalist, achtzehn Jahre alt, und mein erster Auftrag lautete, in einem Sozialwohnungsbezirk von Dublin für einen Artikel über Kindesmissbrauch zu recherchieren. Ich kam aus einer häuslichen Situation, in der es so etwas absolut nicht gab – das Schlimmste, was bei uns zu Hause passierte, war hin und wieder ein kleiner Streit auf der Treppe. Doch als ich mit dem Fahrrad quer durch die Stadt fuhr und dann durch Ballyfermot ging und mit jungen Müttern sprach, die matschbespritzte Kinderwagen durch Schlaglöcher, über Zigarettenkippen und Injektions-

nadeln schoben, erwachte in mir die Neugier auf die Rand-
bereiche des Lebens. Während ich auf Betontreppen über
Glasscherben und Schlafende stieg, rang ich mit einem
Ansturm von komplizierten Gefühlen. Der Anblick eines
sechsjährigen Jungen, der sich eine Plastiktüte voll Klebstoff vor sein Gesicht hielt, wühlte mich auf: Es war so
entsetzlich traurig.

In den frühen siebziger Jahren hatte ich zu Hause ein
weitgehend untraumatisches Leben geführt. Wir lebten ge-
sittet und waren letzten Endes vielleicht sogar spießig. Mit
anderen Worten: Zu einer Zeit, da Irland sich politisch
noch am äußersten Rande Europas sah, war ich bereits ein
durchschnittlicher, in einem Vorort aufgewachsener Mit-
telschicht-Europäer.

Als ich die Sozialwohnungsbezirke von Dublin erkundete, gab es Augenblicke, in denen ich die Menschen verstehen wollte, die auf den Treppen herumlagen; ich wollte
wissen, was in dem Jungen vorging, der gerade den Kopf
seines einzigen Spielzeugs, eines Steckenpferds, abgebrochen hatte; ich wollte mich mit einem Vater unterhalten,
dessen Ellbogen die Theke eines Pubs polierten; ich wollte
die Freude verstehen, die ein neuer Fernseher – für mich
etwas Selbstverständliches – auslöste; ich wollte die innere
Wahrheit der mürrischen, einsamen, grauäugigen, arbeits-
losen Schattenmänner erfahren; ich wollte die Würde einer
Mutter erkennen, die eine rot-weiße Plastikdecke über die
Schrammen in der Tischplatte aus Resopal breitete.

Vielleicht lag darin ein billiger Voyeurismus, vielleicht
die ureigene Angst der Mittelschicht oder ein Aufwallen
von Sentimentalität, vielleicht auch ein Mangel an Mut,
denn ich blieb nicht lange dort. Ich hörte die Geschichten
von Not und Elend – meist waren es Frauen, die sie mir

erzählten – und ging wieder nach Hause. Abend für Abend kehrte ich in die Sicherheit einer Straße zurück, in der die Bäume blühten. Meine Eltern hinterließen mir Nachrichten an der Kühlschranktür: Das Essen stehe im Ofen, sie würden mich morgen wecken und hofften, bei mir sei alles in Ordnung. Ich aß das Abendessen, stand an der Spüle und sah hinaus in den Garten, wo die Rosen meines Vaters ihre Blüten schlossen – das hätte eine Metapher sein können, doch so dachte ich damals nicht; dies alles war einfach nur mein Zuhause, und mir gefiel es. Oben, in meinem Zimmer, hatte ich eine wärmende Bettdecke. Meine Träume wurden nicht vom Klirren zerbrechender Flaschen und vom Geheul der Polizeisirenen gestört. Morgens wachte ich auf und hörte meine Mutter unten in der Küche singen: *The boys are all mad about Nelly, she's the daughter of Officer Kelly* ... Meine Mutter hatte, wie sie selbst zugibt, nie eine besonders schöne Stimme, aber es war wunderbar, ihren Gesang zu hören, wenn sie zwischen Spüle und Waschmaschine hin- und herging.

Ich recherchierte einen Monat lang und schrieb den Artikel über Kindesmissbrauch für eine Dubliner Abendzeitung. Er sorgte für etwas Wirbel in Institutionen, die für Kinder- und Jugendhilfe zuständig waren, einige Lokalpolitiker murrten und grummelten ein bisschen, und ich bekam einen Preis als Nachwuchsjournalist des Jahres. Einige hatte mein Artikel gerührt, anderen hatte er Angst gemacht, und wieder andere fanden ihn reißerisch und überzeichnet. Die Leute in dem Viertel, in dem ich recherchiert hatte, sagten jedoch, ich hätte die Wahrheit geschrieben – und damit meinten sie wohl, ich hätte sie so gut erfasst, wie ein Junge aus der Mittelschicht sie eben erfassen könne. Das war die einzige Bestätigung, die für mich zählte. Ich machte weiter und suchte nach einer neuen Story, in der ebenso viel Intensität und Gefahr steckte.

Damals dachte ich, diese Menschen – Menschen, die litten, die traumatisiert waren, denen man Zigaretten auf der Brust ausgedrückt hatte – seien die einzigen Menschen, über die zu schreiben sich lohnte. Ich dachte, es sei eine Art Zeugnis abzulegen, oder vielleicht sogar ein tiefes Bedürfnis, an einer Geschichte teilzuhaben, die so viel mehr Kanten – und darum auch mehr Durchschlagskraft – als meine eigene hatte. Ich interessierte mich mehr für die namenlosen Winkel menschlicher Erfahrung und stellte fest, dass ich mir meinen Glauben daran, dass es so etwas wie Güte gibt, und sei es auch in einem Leben voll stiller Verzweiflung, nur durch Worte, durch Schreiben erhalten konnte.

Ich hatte zwanzig Jahre Zeit, über die verschiedenen Geschichten nachzudenken, die mir begegnet sind. Ich bin durch Europa, Asien, Nordamerika gereist und lebe jetzt in New York. Ich musste mit vielen Situationen fertig werden – unter anderem mit der Tatsache, dass ich jetzt Vater bin und das *Officer Kelly* meiner Mutter unter der Dusche singe –, und wenn ich eines gelernt habe, dann dies: Es gibt nichts Gegebenes, jeder hat eine Geschichte, und anhand unserer Geschichten geben wir der Welt eine Ordnung. Und daher scheint mir, dass der Sinn des Schreibens darin besteht, den Stimmen rings um uns her eine Würde zu geben.

Heute sehe ich, wie bedeutsam es für mich war, mit diesen Müttern aus der Arbeiterklasse zu sprechen, die in ihrem kurzen Leben schon so viele schreckliche Dinge erlebt hatten, doch ich sehe auch meine eigene Mutter, in unserer Küche in einem Dubliner Vorort, wo sie das Geschirr spülte, die aufblühenden Rosen sah und sang – ja, meine Mutter sang, und ihr Glück war echt, richtig und unverkennbar, und auch dieses Glück hatte seine eigene Geschichte.

Als mein Freund und Vertrauter, der marebuch-Verleger Nikolaus Hansen, mich nach meiner Geschichte mit dem Meer fragte, war mein erster Gedanke, dass ich kaum je etwas über das Meer geschrieben habe. Ich habe mich mehr für Menschen interessiert, die über das Meer gefahren waren, die zwischen sich und ihr früheres Leben ein Meer gelegt hatten.

Ich liebte Flüsse, sowohl als die lebendigen Wasserwege, die sie sind, wie auch als Metapher. Tatsächlich hatte ich schon oft über Flüsse und fließende Gewässer geschrieben. Im Zentrum meiner ersten Kurzgeschichtensammlung *Fischen im tiefschwarzen Fluß* stand eine magisch-realistische Szene, in der die Frauen einer kleinen Stadt im Westen Irlands nach ihren ausgewanderten Söhne fischen. In einem meiner Romane – *Gesang der Koyoten* – war die Hauptmetapher ein Fluss. (Einer der ersten Sätze lautet: «Nicht einmal der Fluß wußte noch, daß er ein Fluß war.») In einer anderen Geschichte, die in Nordirland spielt, bleibt ein Pferd in einem Hochwasser führenden Fluss stecken, und als britische Soldaten kommen, um es zu retten, sehen sich ein Vater und seine Tochter mit ihrer Vergangenheit konfrontiert. Wasser, überall Wasser. Ich fühlte mich, als wäre ich für einen großen Teil meines Lebens irgendein kleiner Fluss gewesen, der immer weiterfloss und neue Landschaften erkundete.

Das Meer aber war wie meine Familie etwas Selbstverständliches für mich. Doch als ich darüber nachzudenken begann, wurde mir bewusst, dass das Meer in meiner Vergangenheit und in meiner Zukunft ständig da war und dass es in vielerlei Hinsicht nicht nur meine Geschichte birgt, sondern auch eine kollektive Geschichte. Der große englische Schriftsteller John Berger hat einmal gesagt: «Alle Geschichten sind miteinander verbunden.» Damit meinte er, dass irgendwann jede Geschichte eine Ebene findet, die sie mit einer anderen teilt. Geschichten kreuzen und überschneiden sich, und in glücklichen Augenblicken verschmelzen sie miteinander. Noch einmal Berger: «Nie wieder wird eine Geschichte erzählt werden, als wäre sie die einzige.»

Das gilt auch für das Meer. Es nimmt die Flüsse auf und verbindet sie auf geheimnisvolle Weise.

Hier ist nun also die Geschichte, die ich schreiben wollte – sie ist wahr oder größtenteils wahr, jedenfalls ihr Ausgang ist wahr:

In den frühen vierziger Jahren patrouillierten im Atlantik vor der Westküste Irlands deutsche U-Boote. Sie kreuzten dort auf der Suche nach britischen U-Booten oder amerikanischen Schiffen. Wie wir aus großartigen Büchern und Filmen über diese Zeit wissen, war der Dienst auf U-Booten schrecklich. Lange Nächte, kurzes Leben. Diese U-Boot-Kultur brachte eine besondere Art einsamer Männer hervor. Sie wussten um ihren beinahe sicheren Tod, was seltsame Folgen hatte. Diese Männer wurden verrückt oder sie ertranken in ihren Träumen, oder sie verstummten und schlossen die Tür zur Wirklichkeit hinter sich. In einem U-Boot lebte man in einem eigenartigen existenziellen Schrecken, insbesondere im Zweiten Weltkrieg, als es kaum Luxus und wenig Bequemlichkeit gab.

Die Republik Irland war damals neutral. Jeder Soldat,

der Fuß auf irischen Boden setzte – sei er nun Angehöriger der deutschen, amerikanischen oder englischen Streitkräfte –, wurde festgenommen und bis zum Kriegsende in der Curragh-Kaserne bei Dublin interniert. Irland befand sich natürlich in einer moralisch komplizierten Situation, besonders bei Ausbruch des Krieges. Zwar stellte das Land viele Soldaten der britischen Armee – sie waren meist bloß Kanonenfutter –, aber es gab auch viele, die anfangs mit den Deutschen sympathisierten. Immerhin kämpften die ja gegen den «alten Feind».

Und so kam es, dass ein deutsches U-Boot in den frühen vierziger Jahren vor der Küste von Galway kreuzte und – laut den Erzählungen von Dorfbewohnern – eine kleine Gruppe von Offizieren an Land ging und mit den Einheimischen Verbindung aufnahm. Die Tatsache, dass dieses Gebiet eine Gaeltacht war, eine Region, in der man Irisch sprach, spielt für die Geschichte wahrscheinlich eine enorme Rolle – denn auch wenn man dort Englisch verstand, war diese Sprache dort kaum dazu angetan, freundliche Gefühle zu wecken. Irisch ist eine überschwängliche, weitschweifige, umschreibende Sprache. Es gibt zum Beispiel kein Wort für «nein», man sagt stattdessen: «Es ist nicht so.» Es gibt auch kein direktes Wort für «sterben» – man muss «den Tod kriegen», als wäre er eine Art Geschenk, ein Fortschreiten, ein Fluss.

Die Gaeltacht war damals auch ein armes, hartes Land. Die Erde war steinig, und die Menschen führten ein Leben am Rande der irischen Gesellschaft, das von Schlichtheit und Kargheit bestimmt wurde: Teeblätter wurden immer wieder aufgegossen, und wenn sie nichts mehr hergaben, düngte man die Erde damit.

Was jedenfalls damals in diesen schicksalhaften Nächten geschah, liegt noch immer im Dunkeln, denn es wurde weitgehend geheim gehalten. Vielleicht hatte das deutsche U-Boot technische Schwierigkeiten, und man brauchte ein bestimmtes Ersatzteil, um es zu reparieren. Vielleicht gab es einen Verletzten, den man zu einem Arzt bringen wollte. Vielleicht hatte man ein paar Offiziere an Land geschickt, damit sie einen Traktorvergaser oder irgendein anderes Motorenteil stahlen. Vielleicht war ihnen der Proviant ausgegangen, und sie wollten einen Bauernhof plündern. Vielleicht war ihr Funkgerät ausgefallen, und sie dachten, sie könnten auf dem Landweg eine Botschaft übermitteln. Vielleicht hatten sie sich gelangweilt. Vielleicht hatte sie auch einfach der Anblick der Küste berührt – die Küstendörfer von Galway gehören zu den schönsten der Welt –, und sie hatten den Drang verspürt, an Land zu gehen und mit den Menschen dort auf irgendeine Weise in Kontakt zu treten, ganz gleich, wie gefährlich das war. Im Krieg und in der Liebe ist alles möglich. Vielleicht ging es in dieser Geschichte tatsächlich um Liebe, die ja oft auch eine Art Krieg ist.

Jedenfalls landeten einige der deutschen Offiziere schließlich im Pub. Das klingt gefährlich nach einem irischen Klischee oder einem schlechten Kriegswitz, aber es ist ganz und gar wahr. Irgendwie machten sie sich dem Wirt verständlich; mindestens dreimal waren sie im Pub, um etwas zu trinken. Vielleicht gingen sie einfach aus einem tiefen Bedürfnis nach menschlicher Gesellschaft hinein, und man erlaubte ihnen zu bleiben. Vielleicht bestachen sie den Wirt. Oder vielleicht wurden sie ganz einfach eingeladen. Sie trugen keine Uniformen und waren nicht als deutsche Offiziere zu erkennen. Ich stelle mir vor, dass sie sich als Iren verkleidet hatten: flache Hüte, schwere Jacken, Wollpullover, Gummistiefel. Wahrscheinlich sagten sie nur sehr wenig, sodass ihr Akzent nicht auffiel. Vielleicht täuschten sie sogar vor, holländische Reisende, französische Flüchtlinge, Wanderer vom Festland zu sein.

Man hört beinahe die Stille im Pub, als die Männer sich an einen Tisch in einer dunklen Ecke setzen, die flachen Hüte ins Gesicht gezogen. Man sieht, wie die Biergläser gefüllt werden und der Wirt die schweigsamen Fremden mustert. Man spürt, dass die Atmosphäre nach ein paar Bieren gelöster wird, und glaubt, dass schließlich vielleicht ein paar Blicke gewechselt werden – Blicke, die dann zu Worten werden. Man sieht die kleinen Galaxien aus Rauch in der Luft. Man kann sich sogar vorstellen, dass sich diese Galaxien verbinden.

Eines jedenfalls ist ohne den Schatten eines Zweifels wahr: Mindestens einer der Deutschen kam mit dem Wirt ins Gespräch. Sie wurden Freunde. Der deutsche Offizier erzählte dem irischen Wirt von seinem Leben, von seiner Frau und seinem kleinen Kind in Dresden. Beide Männer waren junge Väter. Sie sahen einander an und erkannten im anderen sich selbst, über alle Grenzen der Kultur, der Sprache, des Argwohns hinweg. Der Ire hätte den Deutschen an die Polizei ausliefern können. Der Deutsche, der wahrscheinlich eine Pistole trug, hätte den Iren bedrohen können. Sie hätten sich gegenseitig umbringen können. Doch nichts dergleichen geschah.

In einem dieser Augenblicke, die der Wahnsinn des Krieges so wirklich und bedeutsam machte, gab der Deutsche dem Iren einen Brief.

«Wenn ich nicht hierher zurückkehre», sagte er, «müssen Sie ihn an meine Frau schicken.»

Der Wirt nahm den Brief und nickte. Die beiden verabschiedeten sich voneinander, und er legte den Brief irgendwohin und dachte wahrscheinlich eine ganze Weile nicht mehr daran.

Der Krieg tat, was alle Kriege tun – und der Offizier kehrte nie zurück. Bestimmt hatte er gewusst, dass er sterben würde. Der Kampf zog sich hin, und das Glück hatte sich gewendet.

Der irische Wirt verfolgte das Ende des Krieges mit jener eigenartigen Trauer und Erleichterung, die jedes Kriegsende begleiten: es ist eine Zeit, in der das Radio nur Entsetzliches zu berichten weiß und die Menschen sich fragen, wie sie einander so etwas hatten antun können. Er wartete darauf, dass der Deutsche zurückkehrte, dass er einen Brief schrieb oder anrief. Nichts dergleichen geschah. Nichts dergleichen würde geschehen. Der deutsche Offizier war ohne Zweifel tot. Und so holte der irische Wirt den Brief hervor und schickte ihn an die Frau des Offiziers in Dresden. Vielleicht dachte er, er könnte so einen Strich unter einen Abschnitt seines Lebens ziehen und eine lange zurückliegenden Begegnung würdigen, doch der Brief kam immer wieder zurück. «Zurück an Absender.» «Adressat unbekannt». Dieser Brief, diese Phantomfrau, dieses nie gesehene Kind – sie verfolgten ihn. Der Krieg war vorbei, und er erinnerte sich immer wieder an den Offizier, an die Abende, die er mit ihm verbracht hatte, an die angespannten, intensiven Gespräche, die sie in dem kleinen Pub am Meer geführt hatten. Wenn er aufs Meer hinausschaute, war ihm, als höre er aus der Ferne ein verklingendes Sonarsignal. Auf alliierter Seite waren viele Iren gefallen. Die Wahrheit über die Todeslager der Nazis war zu einem großen Teil ans Licht gekommen. Das politische Klima in Irland hatte sich geändert, und der irische Nationalismus distanzierte sich entschieden von den Ereignissen in der jüngsten europäischen Geschichte. Dennoch beschloss der Wirt, seine junge Familie für ein paar Wochen zu verlassen, nach Dresden zu fahren und die Frau zu suchen – er wollte ihr von ihrem Mann erzählen, von seinen letzten Tagen, seinen seltsamen Landgängen. Er setzte nach Frankreich über und fuhr per Eisenbahn nach Dresden.

Dresden stand unter russischer Verwaltung. Die Stadt lag in Trümmern. Man muss sich diesen Iren vorstellen, wie er durch Straßen irrte, die keine Schilder mehr hatten, wie er die Soldaten an den Kontrollposten bestach, wie er suchte und forschte. Schließlich erfuhr er, dass die Frau des deutschen Offiziers 1944 bei einem Luftangriff ums Leben gekommen war.

Das hätte das Ende der Geschichte sein können: Ein trauriger Mann kehrt in sein Heimatland zurück, in dem Wissen, dass der Krieg uns allen Entsetzliches antut, dass wir in ihm die Liebe, die Hoffnung und uns selbst verlieren. Aber – wie John Berger weiß – Geschichten enden nicht. Sie stoßen an andere Geschichten und gehen weiter.

Der Wirt erinnerte sich, dass der deutsche Offizier ein Kind gehabt hatte. Er klapperte die Waisenhäuser in Dresden ab und fand schließlich den kleinen Jungen. Man weiß nicht, wie es ihm gelang, ihn aus dem Waisenhaus zu holen – vielleicht schaffte er es auf offiziellem Weg, vielleicht durch Bestechung, vielleicht nahm er ihn auch einfach heimlich mit. Jedenfalls fand er den Jungen und brachte ihn mit nach Irland, wo er ihn als sein eigenes Kind aufzog. Dass der deutsche Junge blondes Haar hatte, während der Sohn des Wirtes dunkelhaarig war, spielte keine Rolle. Er wuchs als irisches Kind auf, sprach dieselbe Sprache und wurde behandelt wie alle anderen.

Nach außen bewahrte man Stillschweigen darüber – wenn die Einzelheiten durchgesickert wären, hätte das unangenehme Folgen gehabt. Erstens hätte der Eindruck entstehen können, dass die Dorfbewohner mit den Deutschen kollaboriert hatten. Zweitens hatte der Wirt den Jungen vielleicht nicht rechtmäßig adoptiert. Obendrein lag das Dorf in der Gaeltacht – man hielt zusammen und misstraute Fremden, auch irischen Fremden, die kamen und versuchten, eine neue Sprache aus Gesetzen und Regeln einzuführen. Und so wurde aus dem deutschen Jungen ein irischer Junge, und der deutsche Offizier, der aus dem Meer aufgetaucht war, kehrte Tag für Tag in Gestalt seines Sohnes zurück.

Die Geschichte hält auch heute noch mehr Fragen als Antworten bereit, aber in Irland ist eine gut erzählte Geschichte stets so viel wert wie tausend belegte Tatsachen.

Sie erbten den Pub, diese beiden Brüder, und über ihre Herkunft wurde kaum je gesprochen. Sie sind Männer, die langsam alt werden. Und die Geschichte geht immer weiter.

In Irland gibt es ein altes Fischergebet: «Herr, sei gut zu mir, denn das Meer ist so groß und mein Boot so klein.»

Wie Gebete haben auch Geschichten eine erhebliche Eigendynamik: Wir wissen nie, wohin sie uns führen. Je mehr ich mich bemühte, die Geschichte des deutschen Offiziers zu schreiben, desto schwieriger wurde es. Ursprünglich wollte ich sie als Roman schreiben, doch ich konnte ihrer nicht Herr werden, ich verirrte mich darin. Ich hatte sie aus einer sehr vertrauenswürdigen Quelle, aber einiges kam mir so unwahrscheinlich vor, dass ich versuchte, fiktionale Stützbalken einzuziehen, damit sie nicht in sich zusammenbrach. Ich unternahm zahlreiche Anläufe, doch sie entglitt mir immer wieder. Was war es, das sich mir entzog? Vielleicht war sie einfach stärker als ich. Vielleicht fühlte ich mich nicht wohl mit den politischen Untertönen, die sie enthielt. Vielleicht war sie einfach nicht für mich bestimmt. Manche Dinge packen einen und lassen nicht mehr los.

Ich hätte die Geschichte spät in der Nacht einem Freund oder Bekannten erzählen können. Ich hätte ein Drehbuch schreiben können. Ich hätte ein Bühnenstück schreiben können, in dessen Zentrum diese Geschichte stand, doch sosehr ich mich auch mühte, ich konnte sie nicht in eine Erzählung verwandeln.

Und dann ging mir eines Tages auf, dass ich sie zum größten Teil bereits geschrieben hatte. Manchen meiner Leser und mehr noch manchen meiner Kollegen mag das bizarr erscheinen, aber jedes Mal, wenn ich an diese Geschichte dachte, kehrte ich in Gedanken zu der kleinen Stadt in Galway zurück, die ich vor vielen Jahren für meine Erzählung *Hungerstreik* erfunden habe. Ich hatte den Eindruck, dass diese Erzählung – in der die Geschichte eines Jungen aus Nordirland mit der eines alten Flüchtlingspaars aus Litauen verwoben ist – zumindest in meiner Vorstellung sehr vieles von dem enthielt, was ich in der U-Boot-Geschichte hätte schildern wollen. Die Sinnlosigkeit unserer Kriege. Die Missverständnisse, die aus ihnen erwachsen. Die Einsamkeit der Fremde. Die Irrwege verlorener Liebe. Die Möglichkeit einer Rettung. Die Schönheit der Aufopferung. Die Notwendigkeit, auch in aussichtsloser Lage den Glauben nicht zu verlieren – die Liebe nicht zu verlieren und darum der Tatsache zu begegnen, dass wir gewalttätig und zum Scheitern verurteilt sind.

Meine Schwierigkeiten mit der U-Boot-Geschichte

rührte daher, dass ich sie zu einem großen Teil bereits erzählt hatte.

Doch dann geschah noch etwas Befreiendes. Nachdem ich zu dem Schluss gekommen war, dass *Hungerstreik* die Geschichte über das Meer war, die ich erzählen wollte, stellte ich fest, dass ich die U-Boot-Geschichte loslassen konnte – und das Meer meiner Kindheit kehrte zu mir zurück. Und genau wie bei meiner Familie begann ich, seinen Wert zu erkennen, seine Nähe, seine Tiefe, seine Notwendigkeit.

Im Grunde nahm ich das Meer in mich auf.

Die Irische See war nur sechs Kilometer von unserem Haus entfernt. An Sommernachmittagen grub ich im Garten meines Vaters nach Regenwürmern, tat sie in ein Marmeladenglas und fuhr mit dem Bus zur Pier bei Dun Laoghaire, um mit meinem Freund John Ryan zu fischen. Vom Meer wehte ein starker Wind. Meistens regnete es. Der Schwell der Fährschiffe, die nach Liverpool fuhren, klatschte an die Pier. Wir warfen unsere Angeln mit einer Hoffnung aus, wie nur Kinder sie haben können. Mitunter fingen wir einen Fisch. Wenn wir abends nach Hause zurückkehrten, rochen wir nach Ködern und Lachsforellen. Wir hatten den hinteren Teil des Busses für uns – nicht mal der Schaffner kam in unsere Nähe. Ich weiß nicht, ob ich je einen dieser Fische gegessen habe. Ich kann mich dunkel erinnern, wie meine Mutter ein Fischfilet in eine Pfanne mit heißem Öl legt, aber ich erinnere mich nicht an den Geschmack. Doch das spielt kaum eine Rolle, denn selbst wenn ich den Fisch nicht probiert habe, habe ich ihn probiert.

Dasselbe gilt für das Meer: Es war immer da, ganz gleich, ob ich mir dessen bewusst war oder nicht.

Es war in der Luft, in der salzigen Luft, die der Wind vom Killiney Hill herüberwehte, wenn wir einen Sonntagsspaziergang machten. Es war in dem Appetit auf Brötchen mit schmelzender Butter und Marmelade, die es sonntags abends gab und die das Einzige waren, was mein Vater buk. Es war in den Tausenden Büchern in unserem Haus – in James Joyce' «hodensackzusammenziehendem Meer», in Hemingways altem Mann, der sich mit seinem Fang zurückkämpft, nur um festzustellen, dass der Fisch zu nichts mehr zu gebrauchen ist, in Conrads *Herz der Finsternis*, dessen Geschichte von Marlow auf einem Schiff erzählt wird, das im Hafen vor Anker liegt.

Es war so allgegenwärtig, dass ich es nicht sehen konnte.

Es war freitags auf dem Esstisch – als Katholiken aßen wir am Ende der Woche immer Fisch. Es war in unseren Sommerferien – Courtown, Ballybunion, Ballyhaunis, Achill Island –, an die ich mich noch immer erinnere: der Sand auf den Sandwiches, das Balancieren am Rand der Pier, der Sprung in die Wellen, die endlosen Legenden vom Badeanzug einer meiner Schwestern. Es war in den kleinen Rostflecken, die auf dem goldfarbenen Vauxhall Viva meines Vaters erschienen. Es war in den Regenschauern, die über dem Fußballplatz niedergingen.

Das Meer war im Kommen und Gehen von Onkeln, die nach Birmingham fuhren oder von dort zurückkehrten: Wenn sie über die Schwelle traten, konnte man beinahe das Geklingel der Spielautomaten an Bord der Fähre hören. Es war in den Ausflügen zu Fußballspielen in England, die mein Vater mit mir unternahm: Er legte dann auf der Fähre einen Arm um meine Schultern und hielt Abstand von den Betrunkenen und den einarmigen Banditen. Es war in der Heimkehr meiner älteren Schwester aus London – sie hatte mit einem Mal einen fremden Akzent. Wie ich das Meer an diesem Tag hasste, weil es meine Schwester von meinem Heimatland getrennt und eine neue Sprache zwischen uns gestellt hatte.

Es war auch der Stoff, aus dem Tragödien gemacht sind, das Meer. Mr. Doyle, unser Metzger, der drei Häuser weiter wohnte, warf sich eines Nachts in die Wogen und wurde erst drei Wochen später gefunden. Meine Freunde und ich gingen eine Weile nicht mehr fischen. Was, wenn noch andere Mr. Doyles im Wasser trieben? Wenn plötzlich einer seiner Schuhe, den er womöglich verloren hatte, am Haken hing? Wenn wir ausrutschten und ins Meer fielen und auf Nimmerwiedersehen verschwanden?

Am Meer rauchten wir unsere ersten Zigaretten, zusammengekauert hinter den Pollern am Rand der Pier. Dorthin führten wir auch unsere ersten Freundinnen und tauschten heimlich die ersten Küsse: Als ich zwölf war, ging ich mit Nuala Kelly zum Bray Head und fragte mich, ob sie weinen oder lächeln oder sich abwenden würde, wenn ich mich zu ihr beugte und sie auf den Mund küsste. Später war das der Ort, wo andere aus meiner Schule sich trafen und ungestört große Flaschen Cider leeren konnten. Dabei machte ich allerdings nicht mit. Oder vielleicht auch doch – in meiner Einbildung. Noch später gingen wir mit Frauen dorthin, die vielleicht unsere Ehefrauen werden würden – ich weiß noch, dass ich mit meiner zukünftigen Frau zum Hafen Dun Laoghaire ging und dachte, dass sie sogar im Regen überwältigend aussah –, und wir erzählten ihnen, wie dieses grüne Meer an anderen, sonnigeren Tagen ausgesehen hatte, wie es gedonnert und geleckt und gesungen hatte.

Das Meer, das Meer, das singende Meer, das überschattete Meer, das Meer, das Geschichten hervorbringt, das

Meer, zu dem am Ende alle Wege führen. Doch lange Zeit konnte ich – wie einer, der den Wald vor lauter Bäumen nicht sieht – die Bedeutung dessen, was mich täglich umspülte, nicht erkennen.

Ja, alle Geschichten sind miteinander verbunden. Selbst die tragischen berühren die schönen. Und – wie erfrischend – die schönen müssen im logischen Gegenzug auch die tragischen berühren.

Die Novelle *Hungerstreik*, die ich Ihnen hier als Geschichte über das Meer präsentiere, kann auf vielen verschiedenen Ebenen gelesen werden. Es kann eine Geschichte über das Erwachsenwerden sein oder über das Leben im Exil, es kann eine Geschichte über die Grausamkeiten der irischen Politik sein, denen Kinder ausgesetzt sind, oder über Überlebende des Holocausts, es kann eine Geschichte über meine eigene Beziehung zum Meer sein oder einfach ein Panoramabild, das all dies und noch mehr enthält. Die besten Geschichten lassen den Leser zu einem Schriftsteller werden, der die Geschichte selbst zu Ende schreibt. Gewisse Geheimnisse, gewisse Schwierigkeiten müssen sein – immerhin kann man in ruhiger See kein kundiger Seemann werden. Gewiss haben der deutsche Offizier und sein Freund das gewusst. Sie wussten, wie selten Männer sind, die einander trotz Grenzen, Uniformen und Sprachbarrieren erkennen. All diese Dinge fließen in unsere Geschichten ein. Vielleicht sind sogar meine Erfahrungen in jenem Sozialwohnungsbezirk in Dublin, wo ich mit Menschen sprach, die weniger hatten als ich, auf eine seltsame, verstohlene Weise in diese Geschichte eingeflossen. Möglicherweise hat auch dies das Meer bewirkt.

Aber letzten Endes kann ich Ihnen nichts weiter mitgeben als diese Worte von Antoine de Saint-Exupéry: «Wenn du ein Schiff bauen willst, darfst du die Menschen nicht antreiben, Holz zusammenzutragen; du darfst ihnen keine Arbeit, keine Aufgaben zuweisen; vielmehr musst du sie die Sehnsucht nach der endlosen Weite des Meeres lehren.»

Dann ist niemals ein Ende in Sicht, nicht einmal, ja vor allem dann nicht, wenn sich die Nacht herabsenkt.

Hungerstreik

Der Junge stand auf dem Hügel über der Stadt. Er beobachtete die beiden alten Leute, wie sie den gelben Kajak aus dem Haus holten. Sie luden ihn mühsam auf ihre Schultern und trugen ihn gemeinsam zum Pier.

Die Frau ging hinten. Der Mann hielt sich etwas gebeugt, war aber immer noch gut dreißig Zentimeter größer als sie. Obwohl sie das Boot so hoch über ihrem Kopf hielt, wie sie nur konnte, fiel es nach hinten ab. Ihre Köpfe waren im Schatten verborgen, als sie mit kleinen Schritten die geteerte Straße entlanggingen. Die Paddel trugen sie zwischen sich auf den Schultern. Der Mann und die Frau waren wie ein seltsames, schönes Insekt. Als sie am Ende des Piers angekommen waren, setzten sie den Kajak ab und machten sich daran, ihn zu Wasser zu lassen.

Weil Ebbe war, benutzten sie dazu Seile, und als das Boot auf dem Wasser aufsetzte, machte es kaum Wellen. Sie blieben noch einen Augenblick stehen und redeten miteinander, und die Sonne schien durch ihre Kleider und gab ihren Körpern Konturen.

Sie war zaundürr, und er hatte einen Schmerbauch.

Der alte Mann machte eine Geste zum Meer hin, drehte sich um und hielt sich beim Hinabsteigen an den rostigen Leitersprossen fest. Trotz seiner Langsamkeit war er behände. Er setzte sich gewandt ins Boot und brachte es mit dem Paddel ins Gleichgewicht. Die Frau folgte ihm zögernd. Der Wind wirbelte den Saum ihres Kleides hoch, und der alte Mann strich ihr über die Waden. Sie sah sich um und schien kurz aufzulachen, als er sie von der Leiter in das Mannloch dirigierte. Als sie den Fuß hineinsetzte, sah es so aus, als hätte das Boot einen Schluckauf.

Sie trugen keine Schwimmwesten, aber der Mann hantierte mit einem Spritzschutz, den er sorgfältig am Rand des Mannlochs befestigte. Er stieß mit dem Paddel von der Kaimauer ab, und das Boot trieb hinaus in den Hafen. Sein Paddel tauchte ins Wasser und machte kleine Wellen, die längst wieder verschwunden waren, als die Frau ihr Paddel ebenfalls eintauchte, diesmal zugleich mit ihm.

Der Kajak glitt aus dem Hafen, und der Blick des Jungen folgte den beiden, bis sie das offene Meer erreicht hatten, den Kurs änderten und in südlicher Richtung an der Landzunge entlangfuhren – ein leuchtend gelber Fleck auf dem grauen Stoff des Meers.

Dies war also die kleine Stadt in Galway, in der seine Mutter früher die Sommer verbracht hatte: Sonne, Türmchen, grüne Briefkästen, der schrille Beifall der Möwen, die Berge, die sich in der Ferne aneinander reihten wie ein Geschenk der Schlichtheit.

Er zog noch ein Hemd an – es hatte seinem Vater gehört –, und darin war genug Platz für noch einen Jungen. Er krempelte die Ärmel hoch und knetete den Kragen, damit es nicht gebügelt aussah. Seine Mutter schlief noch. Ihre Brust hob und senkte sich. Die Haare waren ihr ins Gesicht gefallen, und einige Strähnen bewegten sich im Rhythmus des Atems auf und wieder ab. Die Schuhe in der Hand, ging der

Junge über den Linoleumboden, und als er die Tür öffnete, tat er es schnell, damit sie nicht quietschte.

Draußen löste der Wind die letzten Regenspritzer auf.

Auf den Stufen aus Hohlbetonsteinen zog er sich die Schuhe an und sah aufs Meer hinaus. Der graue Horizont verlor sich im grauen Himmel, sodass er nicht wusste, wo der Himmel begann und das Meer aufhörte. Ein einziges Fischerboot durchbrach die Weite.

Auf dem Weg trat er nach ein paar Steinen. Er trug eine enge schwarze Jeans, die er hoch auf die Hüfte gezogen hatte; weiße Socken über schwarzen Schuhen wurden sichtbar. Die Schuhe hatte der Junge nicht geputzt, seit er sie gekauft hatte, und sie waren inzwischen stumpf wie dunkles Eis.

Er folgte dem Weg, der sich matschig den Hang hinabschlängelte, und hielt sich dabei an Zweigen fest, bis er auf die Hauptstraße stieß, die in die Stadt führte. Sie war immer noch schmaler als die meisten anderen Straßen, die er kannte. Zu Hause, in Derry, hatte er nie herumlaufen dürfen, aber seine Mutter hatte gesagt, diese Stadt sei sicher, sie kenne hier jede Ecke und jeden Winkel, es sei ein harmloser Ort.

Der Regen hatte das Gras zu beiden Seiten der Straße wuchern lassen. Er kam am Friedhof vorbei, wo jemand eine kleine Muttergottes aus Porzellan neben einen Grabstein gestellt hatte. Der Junge ging über den Friedhof und klopfte auf die Hemdtasche, in der eine fast leere Zigarettenschachtel war. Er hatte sie aus der Handtasche seiner Mutter gestohlen. Im Schutz der Jacke zündete er eine Zigarette an, und dann spuckte er vor einem Kruzifix aus. Er spürte, wie ihm eine plötzliche Scham in die Wangen schoss, doch er spuckte noch vor einem anderen Grabstein aus und ging weiter. Er war dreizehn, und es war die vierte Zigarette seines Lebens. Sie schmeckte grausam und herrlich und machte ihn schwindlig. Er rauchte sie bis zum Filter und schnippte sie dann mit Daumen und Zeigefinger hoch über die Friedhofsmauer. Rot kreiselnd flog sie durch die Luft, und er spürte ihren Nachgeschmack wie morgendlichen Atem auf der Zunge, als er über den Friedhof ging, vorbei an all den seltsamen Kränzen und Statuen und Inschriften. Er las die Namen und Daten auf den Grabsteinen. Viele standen in hohem Gras und waren mit Flechten bewachsen.

Auf einem der Grabsteine entdeckte er ein leeres Bierglas mit Lippenstift am Rand, und als er genauer hinsah, stellte er fest, dass es das Grab eines jungen Mannes war, der nicht viel älter gewesen war als er selbst.

«Dumm gelaufen», sagte er zu dem Grabstein.

Er drehte sich um, sprang am Zauntritt über die Mauer und stand wieder auf der Straße. Sie hatte keine Markierungen, aber er balancierte auf einer imaginären weißen Linie, die sich um die Kurven wand und einmal eine Schleife beschrieb, sodass er dachte, er würde vielleicht sich selbst begegnen.

Ein Wagen fuhr an ihm vorbei und hupte, und der Junge war sich nicht sicher, ob es ein Gruß oder eine Warnung gewesen war. Er winkte schwach zurück und ging auf dem grasbewachsenen Rand der Straße, die sich den Hügel hinunter zur Stadt wand. Am Ortsschild, auf dem der Name der Stadt in zwei Sprachen stand, blieb er stehen. Der englische Name bestand aus einem Wort, der gälische aus zwei Wörtern, und er sah keine Verbindung zwischen ihnen. Er drehte und wendete die Wörter, doch sie passten einfach nicht zueinander.

Ein paar Männer standen dumpf und böse vor einem Pub am Fuße des Hügels. Der Junge nickte ihnen zu, aber sie zeigten keine Reaktion.

«Wie geht's?», sagte er flüsternd zu niemandem.

Klasse. Und selbst?

Alles klar.

Er sagte sich, dass er das Hemd des Alleinseins trug, und diese Vorstellung gefiel ihm. Er hüllte sich in dieses Hemd und wanderte stundenlang herum, vorbei an unbelebt wirkenden Geschäften, einer mit Brettern vernagelten Schmiede, einem leeren Handballfeld und einer Reihe kalkfarbener Bungalows und schließlich wieder zurück zur Stadtmitte, wo er vor einem kleinen Spielsalon stehen blieb, aus dem grobe, blecherne Geräusche drangen.

«Dies ist ein Überfall», sagte er zu einem der Automaten.

Er zog eine Zigarette aus der Hemdtasche, ohne das Päckchen hervorzuholen – so wie es sein Onkel früher vielleicht getan hatte –, hielt sie unangezündet zwischen den Lippen und spielte ein Videospiel. Die Zigarette hüpfte auf und ab, als er die Raumschiffe der Invasoren verfluchte. Vor Monaten hatte er damit begonnen, auf einen seiner Finger ein Wort zu tätowieren, hatte jedoch nicht weitergemacht, weil er nicht genau wusste, wie das Wort lauten sollte. Jetzt sah man nur einen einzigen Strich auf dem Zeigefinger, wo er sich immer wieder mit einer heißen Nadel gestochen und blaue Tinte in die Löcher gerieben hatte.

Der tätowierte Finger hämmerte auf einen Knopf des Apparates, und mitten im dritten Spiel drehte der Junge sich einfach um, trat auf die Straße und ging in Richtung Pier.

Draußen auf dem Wasser steuerte der gelbe Kajak wieder auf den Hafen zu. Das alte Paar bewegte die Paddel sicher und gewandt. Die Blätter durchschnitten im Gleichtakt die Luft und blitzten in der Sonne. Möwen flogen über und hinter dem Kajak auf der Suche nach Fisch, wie der Junge annahm. Er fand, dass die Vögel Hunger leicht aussehen ließen.

Seine Mutter hatte zu ihm gesagt: «Sag nicht ‹echt›. Sag nicht ‹echt›.» Die Sprache habe Landschaften, und ihrer beider Akzent könne im Augenblick eine gefährliche Neugier erregen. Er sagte sich, dass er ein Junge aus zwei Ländern war, mit den Händen in der Dunkelheit zweier leerer Taschen. Er ging weiter bis zum Pier und sagte immer wieder «echt» vor sich hin, bis das Wort jede Bedeutung verloren hatte. Es hätte ein Poller sein können oder ein Seil oder eine Straße oder sogar etwas, das Freude bereitete.

«Echt», schrie er und rannte den leeren Strand entlang. «Echt.»

In jener ersten Nacht schwankte und stöhnte der Wohnwagen kontrapunktisch unter dem Heulen des Windes, der vom Meer kam. Der Wohnwagen war auf Steinen aufgebockt, hundert Meter von der Klippe entfernt, und an beiden Enden mit Ketten gesichert. Als sie das Licht anschalteten, dachte der Junge, dass das Ding von weitem wahrscheinlich wie ein trauriger, nutzloser Leuchtturm aussah.

«Es ist blöd hier», sagte er.

Seine Mutter, die am Ofen stand, drehte sich um und sagte: «Ach, du wirst sehen, es ist gar nicht so schlecht. Irgendwann willst du gar nicht mehr von hier weg.»

«Hast du was gehört?»

«Nein, noch nichts.»

Der Wind wisperte durch die Türritzen und brachte den Geruch von Salzwasser mit. Der Junge holte sein schwarzes Taschenmesser hervor, legte es auf den Resopaltisch, klappte es auf und prüfte die Schärfe der Klinge, indem er ein paar Haare auf seinem Unterarm abrasierte. Er schabte mit der Schneide über die Haut und fragte sich, was wohl passieren würde, wenn er versuchte, eine Sommersprosse herauszuschälen. Mit der Messerspitze kratzte er daran, bis er einen stechenden Schmerz spürte und dachte, er habe sich geschnitten. Er saugte an der Stelle und schmeckte nichts, und da kein Blut kam, war er enttäuscht über den kindischen Schmerz.

Als er aufsah, hatte seine Mutter den Teller mit Toast und Bohnen bereits vor ihn auf den Tisch gestellt.

Der Junge schob das Taschenmesser über den Teller, sodass es zwischen den Bohnen eintauchte, und fand, dass es wie ein absurder Kajak in einem roten Meer aussah. Er hob es hoch, leckte den Griff ab und begann, einzelne Bohnen aufzuspießen. Sie zerbrachen unter dem Gewicht des Messers, bis er merkte, dass er die Spitze nur ganz vorsichtig hineinstoßen durfte. Er hielt die aufgespießten Bohnen hoch, starrte sie an und aß keinen Bissen.

Seine Mutter setzte sich, schenkte zwei Becher Tee ein und begann, mit gespielter Gleichgültigkeit zu essen.

Durch den Dampf, der von den Bechern aufstieg, verschwamm ihr Gesicht wie in einem Rummelplatzspiegel. Er blies auf seinen Teller Bohnen.

«Ist es zu heiß, Schatz?», fragte sie.

«Nein.»

«Es ist dein Lieblingsessen.»

«Ich hab keinen Hunger.»

«Du hast doch den ganzen Tag noch nichts gegessen. Ich

wette, du könntest die ganze Portion in, na, zwei Minuten essen. Vielleicht sogar schneller.»

«Weißt du was?», sagte er. Seine Stimme war schrill. «Es ist total blöd hier.»

Sie schloss kurz die Augen, dann sah sie aus dem Fenster. Der Junge zerschnitt die Bohnen und spießte dann den Toast auf, der inzwischen aufgeweicht war. Er hob die Scheibe hoch. Die Mitte brach heraus, und es kam ihm vor, als hätte das Brot sein Herz verloren. Es fiel auf den Teller, und ein paar kleine Spritzer Tomatensauce landeten auf dem Tisch. Seine Mutter wischte sie mit dem Finger auf und seufzte.

«Lass uns Schach spielen», sagte sie.

«Das kann ich nicht.»

«Ich hab's dir mal beigebracht, als du krank warst. Als du Windpocken hattest und zu Hause bleiben musstest. Damals hat es dir großen Spaß gemacht.»

«Daran kann ich mich nicht erinnern.»

«Das Schachspiel ist unter deinem Bett.»

«Das ist nicht mein Bett.»

«Lass uns trotzdem spielen», sagte sie. «Ich bring's dir bei.»

«Ich will nicht.»

«Dein Vater war ein guter Spieler. Einer der besten.»

Der Junge schob seinen Teller fort und sagte nichts. Er sah, wie seine Mutter in ihren Becher starrte, und bemerkte eine Träne im Winkel ihres linken Auges. Sie blinzelte und wischte sie mit dem Rockzipfel ab, und dann stand sie auf und ging die vier Schritte bis zu seinem Bett, das tagsüber als Sofa diente. Darunter war ein Einbauschrank. Sie riss die Tür auf, und es erschien dem Jungen, als öffnete sie die Seitenwand eines Sarges.

Eine Staubwolke hüllte sie ein, und sie hob eine Hand vor die Augen und hustete. Dann kam sie zurück zum Tisch. Die Schachtel mit den Schachfiguren war mit spröde gewordenem Klebeband verschlossen, das sie mit den Zinken ihrer Gabel durchstieß. Sie nahm eine Figur nach der anderen aus der Schachtel, stellte sie auf den Tisch und nannte sie bei ihrem Namen: König, Königin, Turm, Springer, Läufer, Bauern.

«Diese Figuren finde ich echt doof», sagte er.

Sie starrte ihn an und wollte seinen Teller abräumen, um Platz für das Schachbrett zu schaffen, aber er hielt den Teller am Rand fest und sagte laut: «Nein.»

Es herrschte Schweigen im Wohnwagen, bis seine Mutter sich ein halbes Lächeln abzwang und sagte, dann werde sie eben allein spielen. Sie ließ das Brett über die Tischkante hinausragen, sodass es wie ein Felsvorsprung wirkte. Dann stellte sie die weißen Figuren am Rand des Bretts auf, dicht vor ihrem Bauch, und der Junge fühlte sich an eine biblische Geschichte erinnert, in der Tiere über den Rand einer Klippe getrieben wurden.

Sie streckte die Hand aus, bewegte einen ihrer Bauern und zog den gegenüberliegenden Bauern um zwei Felder vor. Sie summte ganz leise vor sich hin. Bald waren die Figuren über das ganze Brett verteilt.

«Schach!», sagte seine Mutter zu sich selbst.

Der Junge gab sich große Mühe, sie zu ignorieren, aber das war nicht einfach. Er stocherte auf seinem Teller herum und betrachtete das aufgeweichte Brotherz. Anfangs gelangweilt, schob er den Klumpen mit der Klinge in der Sauce herum, bis er Gestalt annahm. Er zerdrückte die Scheibe und sah, was er daraus machen konnte. Sein Herz tat einen Sprung – sein Vater, ein Schreiner, hatte ihm mal gesagt, ein Mann könne aus allem alles machen, wenn er nur wolle. Der Junge begann, das Brot zu formen. Er schob es mit der Messerspitze auf dem Teller hin und her, und es saugte noch mehr Sauce auf und nahm eine erkennbare Gestalt an. Er beugte sich tief über den Teller und hörte, wie seine Mutter ihn fragte, was er da mache.

«Nichts», sagte er.

Er dachte an seinen Onkel im Gefängnis: die Einzelzelle, die Dunkelheit draußen, das Geräusch von Stiefeln auf dem Laufgang aus Stahl, die in die Wand geritzten Striche, mit denen er die Tage zählte.

Er ließ das Messer fallen und begann, den Klumpen mit den Fingern zu kneten.

Am späten Abend, als sie sich schwerfällig vom Sofa erhob, saß er noch am Tisch und hatte eine Schachfigur geformt, einen Springer. Er war kantig und rot von der Tomatensauce, in die er getaucht worden war. Sie zog ihren Stuhl zum Tisch und lächelte ihn an, als er die Augen niederschlug. Dann nahm sie das modellierte Stück Brot in die Hand, lächelte wieder, legte die Hand auf seine Schulter und sagte: «Das sieht lecker aus.»

«Das ist nicht zum Essen, Mama», sagte er.

Als er am nächsten Morgen vor der grünen Telefonzelle am Pier wartete, bekam er Gewissheit. Seine Mutter hängte den Hörer auf und öffnete die Tür. Die Türangel quietschte – es klang wie eine Totenklage –, und als sie hinaustrat, war in ihrem Gesicht eine solche Traurigkeit, dass sie aussah, als kehrte sie von einer Reise zurück, auf der sie die Nachricht von ihrem eigenen Tod erhalten hatte.

«Er ist dabei», sagte sie.

Der Junge antwortete nicht. Sie wollte ihn in die Arme nehmen, aber er wich ihr aus.

«Ich gehe nicht zurück», sagte seine Mutter. «Sie wollen, dass ich komme, aber ich gehe nicht zurück.»

«Ich gehe zurück», sagte der Junge.

«Du bleibst hier bei mir.»

Der Ton ihrer Stimme sagte: Bitte.

Der Junge sagte nichts, sondern sah nur zu, wie seine Mutter die Straße, die am Strand entlangführte, hinauf- und hinunterblickte. Ein paar verloren wirkende Touristen standen mit den Händen in den Taschen da. Ein Mann und eine Frau in mittleren Jahren hoben Liegestühle aus dem Kofferraum eines Wagens, stellten sie bedachtsam im Sand auf und zogen ihre Mäntel fester um sich. Ein anämischer Wolfshund zerrte ein Mädchen hinter sich her. Ein Eiswagen drehte seine Reklamemusik lauter. Seine Mutter schien sich an Dinge aus einer gestaltlosen Vergangenheit zu erinnern, und ihre Augen verrieten, dass sie nicht begriff, wie sie hier gelandet war, in dieser Stadt, auf dieser Straße, auf diesem Küstenfleck vor der Telefonzelle. Schließlich sah sie auf ihren Schatten, der wie eine Pfütze zu ihren Füßen lag, und kratzte mit der Fußspitze über den Boden.

«Komm, wir gehen zurück zum Wohnwagen.»

«Nein», sagte der Junge.

«Wir machen uns einen schönen Tee.»

«Ich will keinen Tee.»

«Komm mit. Wir schütten bergeweise Zucker rein, ruinieren uns die Zähne und singen Lieder bis zum späten Abend. Komm doch mit! Lass uns zurückgehen. Bitte.»

«Wird er sterben, Mama?»

«Natürlich nicht», sagte sie.

«Woher weißt du das?»

«Ich weiß es nicht», antwortete sie leise.

«Vier sind schon tot», sagte er.

«Ja, ich weiß.»

Der Junge starrte über ihre Schulter, biss sich auf die Lippe und ging davon, und sie sah ihm nach. Das Hemd flatterte im Wind, der kalt vom Meer wehte, und sie spürte die Kälte in den Augenwinkeln. Ihr Blick folgte ihm den Pier entlang und den hinteren Hügel hinauf, bis er nur noch ein kleiner weißer, weit entfernter Fleck war.

Der Junge ging eine Stunde lang wie betäubt und fand sich vor einem Stacheldrahtzaun wieder. Auf der anderen Seite standen ein paar mit roter Farbe betupfte Schafe. Er warf mit Steinen nach ihnen, und als sie auseinander liefen, zupfte er an dem Stacheldraht und fragte sich, ob die Schwingungen wohl all die anderen Stacheldrähte erfassten, sodass der Klang von Zaunpfosten zu Zaunpfosten sprang – den ganzen weiten Weg nach Norden bis zu einem gedrungenen grauen Gebäude, dessen Mauern von Stacheldraht gekrönt waren.

«Wichser!», rief er.

Später, als er wieder in der Stadt war, starrte ihm die Schlagzeile vom Kiosk entgegen. Es war eine Zeitung mit einem knalligen Titel, aber ohne Fotos, und es war noch nicht mal die größte Schlagzeile, doch er kaufte die Zeitung trotzdem, riss die erste Seite heraus und steckte sie in die Tasche seiner Jeans. Ihm war, als trüge er seinen Onkel in der Tasche, als könnte sein Onkel dadrinnen überleben und wieder hervorkommen, wenn alles vorbei war.

Der Junge sprang über das Geländer am Strand und landete weich auf dem Sand.

Auf den Felsen beim Pier zündete er den Rest der Zeitung an. Das Papier rollte sich ein und verbrannte, und er wärmte sich die Hände am Feuer. Der Rauch trieb ihm die Tränen in die Augen. Er las den Artikel fünfmal und war überrascht, dass sein Onkel erst fünfundzwanzig war. Er war einer von fünf Gefangenen, die in Hungerstreik getreten waren – jeder Tote war bereits ersetzt worden, und der Junge fand es seltsam, dass die Lebenden in die Körper der Toten stiegen. Das Sterben, dachte er, konnte immer weitergehen. Ein Ausdruck aus der Zeitung ging ihm nicht mehr aus dem Kopf: vorsätzliche Tötung. Er fragte sich, was das hieß. Er ließ sich die Worte auf der Zunge zergehen und fand, dass sie wie der Titel eines Films klangen, den er mal im Fernsehen gesehen hatte. Der Junge ließ seinen Onkel für einen Augenblick auf einem Filmplakat erscheinen. Eine Explosion beleuchtete das Gesicht seines Onkels von der Seite, und ein schwarzer Hubschrauber durchschnitt die Luft. Unter dem Kinn seines Onkels rannten Soldaten in wilder Flucht auf den Rand des Plakats zu, und sein Blick folgte ihnen.

Der Junge hatte seinen Onkel nie kennen gelernt – seine Mutter hatte ihn nicht im Gefängnis besucht –, aber er hatte Fotos gesehen, und auf denen war sein Gesicht hart und eckig gewesen, mit tiefblauen Augen, gewelltem Haar, buschigen Augenbrauen und einer Narbe, die wie ein Autogramm der Empörung quer unter seiner Nase verlief.

Das war das Gesicht, das der Junge in Erinnerung hatte, auch wenn er wusste, dass es inzwischen bärtig war, dass die Haare lang und schmutzig und lockig geworden waren, dass sein Onkel sich vor dem Hungerstreik wie die anderen in eine Decke gehüllt hatte und dass er einmal in einer Zelle gewesen war, in der die Gefangenen aus Protest ihre Scheiße an die Wände geschmiert hatten. Als der Schmutzprotest ausgerufen worden war, hatte jemand ein Foto aus dem Zellenblock H nach draußen geschmuggelt: Ein Gefangener stand, in eine dunkle Decke gewickelt, am Fenster seiner Zelle, und die Wand hinter ihm war voller Strudelmuster aus Scheiße. Der Junge hatte sich gefragt, wie jemand so leben konnte, mit Scheiße an den Wänden und Pisse auf dem Boden. Die Zellen waren einmal pro Woche von Wärtern mit einem Wasserschlauch gereinigt worden, und dabei war das Bettzeug manchmal so durchnässt worden, dass einige Männer eine Lungenentzündung bekommen hatten. Der Protest hatte nichts gebracht, und so hatten sie ihre Zellen gesäubert und sich für den Hungerstreik entschieden.

Er zerstieß die Asche mit der Fußspitze und steckte den Artikel in die Tasche.

Im Gang des Jungen war eine Langsamkeit, bis er den Fuß des Hügels über dem Pier erreicht hatte und ihn hinaufrannte, querfeldein durch Gras und Heidekraut.

Er trat wütend nach dem Heidekraut und schwang die Arme und spuckte in den Himmel, und auf dem Hügel legte er sich hin und vergrub sein Gesicht im Gras. Dort fand er wieder das Gesicht seines Onkels, und es war hart und abgezehrt und sah aus, als gehörte es in irgendeinen Katechismus. Der Bart hing ihm auf die Brust. Er hatte heute Morgen zum ersten Mal das Essen verweigert, und bereits jetzt spannte sich die Haut über den Backenknochen. Der Hunger hatte seine Augen größer gemacht. Als sich der Junge auf den Rücken drehte und wieder in den Himmel sah, dachte er, wenn es wirklich einen Gott gab, dann mochte er Ihn nicht, dann würde er Ihn nie mögen können.

Er fluchte laut, und der Fluch schallte über das Meer – am Horizont zeigte sich der schmutzige Streifen des Sonnenuntergangs –, und das Wasser verschluckte den Fluch. Er versuchte es noch einmal. Scheiß auf Dich, Gott.

Ein Vogelschwarm stieg auf und flog dünn schreiend über ihn hinweg, und er presste sein Gesicht wieder ins Gras und verfluchte seinen Vater, der vor Jahren bei einem Unfall gestorben war und dessen Bruder jetzt auch noch starb.

Der Junge sagte sich, dass der Onkel, den er nie gekannt hatte, alles war, was er je an Onkeln haben würde.

Vor der Apotheke stand eine altmodische Waage, und er stellte sich darauf, aber da er keine Zehn-Penny-Münze hatte, rührte sich der Zeiger nicht.

Er schlug auf das Glas. Dann legte er den Mund an den Geldschlitz, zog einen Klumpen Schleim hoch und spuckte ihn hinein. Ein Angestellter, der Überstunden machte, sah von einem Häufchen Tabletten auf der Theke auf und musterte den Jungen, der den Mund auf die Waage drückte.

Der Junge fuhr plötzlich hoch, schlug die Augen nieder und stieg von der Waage. Der Schleimklumpen hing länglich am Geldschlitz.

Er rannte die Straße hinunter und hatte noch immer den metallischen Geschmack im Mund. Der Verkäufer trat aus der Apotheke und sah dem Jungen nach, der jetzt die Seitenfenster der geparkten Wagen anspuckte und nur einmal stehen blieb und sich umdrehte. Der Junge sah, wie der Verkäufer den Kopf schüttelte und wieder hineinging. Die Glocke läutete, als er die Tür schloss. Der Junge zeigte ihm den gereckten Mittelfinger, drehte sich wieder um und rannte zu dem Hügel auf der Landzunge, wo in einem Fenster ein einziges Licht brannte.

An dem einsamen Wohnwagen angekommen, hatte seine Wut ihn erschöpft, und er ließ es zu, dass seine Mutter ihn in den Arm nahm. Sie legte ihre Hand auf seinen Nacken, und er roch den schwachen Geruch nach Schweiß und Parfüm. Er befreite sich aus ihrer Umarmung, und dann saßen sie schweigend in fast völliger Dunkelheit da, bis sie begann, ihm Schach beizubringen. Anfangs weigerte er sich, doch sie ließ nicht ab, ihm zu zeigen, wie die Figuren sich bewegten: die kleinen Schritte der Bauern, die diagonalen Züge der Läufer, das seltsame Wechselmanöver von König und Turm, das große Vokabular der Königin. Die Regeln fielen ihm wieder ein, und er machte ein paar Züge, ohne lange nachzudenken. Sie korrigierte ihn nicht, und er entspannte sich, und die Härte wich aus seinen Schultern. Er staunte über die Züge, die der Springer machte – so kompliziert und unverfroren. Er probierte dieses Wechselspiel aus und entdeckte in sich selbst eine Beziehung zu dieser Figur: Da war der starke, atmende Körper eines Pferdes und doch auch etwas Menschliches. Er suchte nach einem Wort, das er in der Schule gelernt hatte. Zentaur. Er rollte das Wort im Mund herum.

Er deckte seine Springer lange Zeit und war erbittert, als seine Mutter einen davon mit ihrem Läufer schlug.

Eine Uhr tickte, der Generator summte, und der Junge schmollte.

Schließlich stand sie auf, ging zum Kühlschrank und holte die Figur, die der Junge aus dem Brot gemacht hatte. Sie war im Kühlschrank hart geworden und noch immer rot von der Tomatensauce.

«Hier ist dein Springer», sagte sie.

Er lachte und nahm ihn und biss ein kleines Stück von einem Ohr ab, bereute jedoch gleich, dass er ihn verstümmelt hatte. Das Brot schmeckte schal, und er schob es mit der Zungenspitze auf die Hand, formte daraus wieder ein Ohr für den Springer und stellte ihn auf das Brett. Ihm fiel auf, dass seine Mutter diesen Springer nie angriff. Um sie auf die Probe zu stellen, brachte er ihn in gefährliche Situationen, doch seine Mutter lächelte nur und ging ihm aus dem Weg. Als das Brett fast leer war, nahm sie plötzlich die Figuren, stellte sie neu auf und gab dabei Acht, dass sie den Springer nicht zerdrückte.

Der Junge nahm seinen Springer in die Hand. Er war weicher geworden, jetzt, da er schon eine ganze Weile nicht mehr im Kühlschrank war, und der Junge musste das kleine abgebissene Stück ständig anfeuchten.

Sie wollte ein neues Spiel anfangen, aber er hustete laut.

«Warum willst du nicht darüber reden?», fragte er sie.

«Ich möchte eben nicht.»

«Das ist blöd. Es ist blöd hier. Ich hasse es hier.»

Seine Mutter seufzte und wickelte eine Strähne ihres Haars um den Finger. Gegen die weißen Hände wirkte das Haar ungewöhnlich schwarz.

«Was heißt ‹politischer Status› überhaupt?»

«Es heißt, dass sie sagen, es ist Krieg. Dass sie Kriegsgefangene sind und auch so behandelt werden wollen. Wenn es kein Krieg ist, sind sie einfach nur Verbrecher.»

«Herrgott, natürlich ist es ein Krieg.»

«Thatcher sagt aber, es ist keiner, und darum kriegen sie keinen politischen Status.»

«Die mit den Blechhosen?»

Sie lachte leise. «Ja, die mit den Blechhosen.»

Er bemerkte, dass sie wieder ihren alten nordirischen Akzent hatte, und freute sich. Er hielt die Schachfigur an die Nase und roch daran, roch die Tomatensauce, in die er das Brot getaucht hatte.

«Ich schreibe ihm einen Brief», sagte der Junge.

«Er kriegt keine Briefe.»

«Warum nicht?»

«Das ist eine ihrer Vorschriften.»

«Ich scheiße auf ihre Vorschriften», sagte der Junge. «Ich schreibe ihm einen Brief und schicke ihn an Grandma, und die schmuggelt ihn rein.»

«Und was willst du ihm schreiben?»

«Ich werde ihm schreiben, wie man sich Schachfiguren machen kann.»

«Das würde deinem Onkel gefallen», sagte sie.

«Er könnte das Brot nehmen, das sie ihm geben.»

«Ja.»

«Er könnte es in Wasser aufweichen.»

«Das könnte er, ja.»

«Er hat jede Menge Zeit. Er könnte sich Schachfiguren kneten.»

Sie rutschte ein Stück vor, streckte die Hand aus und strich ganz sacht mit den Fingern über sein Gesicht. Er fuhr sofort zurück. Ihre Hand verharrte in der Luft, und er sah, dass ihre Nägel abgekaut waren.

«Das ist nicht gut», sagte er. «Dann kannst du nicht mehr Gitarre spielen.»

«Oh», sagte sie.

Sie war überrascht von seiner Bemerkung und davon, wie alt er klang, und sie zog ihre Hand zurück und wickelte wieder die Haarsträhne um die Finger.

«Kriegst du einen Gig?»

«Was?», fragte sie geistesabwesend.

«Kriegst du einen Gig im Pub?»

«Vielleicht frage ich morgen mal.»

«Bleiben wir wirklich hier?»

«Für eine Weile jedenfalls, vielleicht.»

«Toast und Bohnen hängen mir zum Hals raus.»

Sie verdrehte übertrieben die Augen und sagte: «Es ist blöd hier.»

Verwirrt starrte er sie an, und dann gab sie ihm einen leichten Stoß gegen die Schulter, und sie lächelten.

«Komm», sagte sie, «lass uns noch eins spielen.»

Der Junge stellte die Figuren auf. Seine Mutter zeigte ihm den Schäferzug, und nach der dritten Variante hatte er gelernt, wie er ihn verhindern konnte: mit dem Springer, der wie ein seltsamer und unangreifbarer Blutstropfen über das Brett zog. Das Spiel ging weiter, und immer noch war dieser Springer die einzige Figur, die seine Mutter nicht angriff. Er lernte, wie man Bauern deckte, wann man rochieren musste, wie man vor den stärksten Figuren eine kleine Armee sammelte und dass man die Figur erst loslassen durfte, wenn man sich ganz sicher war.

«Spielt er Schach?»

«Ich weiß es nicht.»

«Ich könnte ihm Briefe darüber schreiben.»

«Ja», sagte sie mit großer Traurigkeit.

«Kann Grandma ihm die Briefe bringen?»

«Wir werden sehen.»

Die Uhr auf dem schmalen Brett über dem Herd tickte mit quälender Unbeirrbarkeit, und der Junge hatte das Gefühl, dass das Ticken immer lauter wurde, je länger die Nacht dauerte.

«Ich wette, er ist ein guter Schachspieler.»

«Vielleicht», sagte sie.

«Hat er mal gegen Daddy gespielt?»

«Vielleicht, als sie jünger waren.»

«Und wer hat gewonnen?»

«Ich weiß es nicht, Schatz.»

«Warum nicht?»

«Ach, Kevin», sagte sie.

«Ich frage ja bloß.»

Seine Mutter ließ ihn ein Spiel gewinnen, und er war wütend, weil es so leicht war. Sie zündete sich eine Zigarette an und blies den Rauch über seinen Kopf hinweg, und er hatte große Lust auf eine Zigarette. Als sie das Schachspiel wegräumte, nahm er ihre Zigarette aus dem Aschenbecher, zog kurz daran und blies den Rauch zwischen seine Knie. Dann wedelte er ihn mit den Händen fort, stand auf und wickelte den roten Springer sorgfältig in das Silberpapier aus ihrer Zigarettenschachtel. Er stellte den Springer ganz hinten in den Kühlschrank, wo es am kältesten war, nahm eine Milchflasche heraus und durchstieß mit dem Finger die Goldfolie. Er setzte die Flasche an und trank einen großen Schluck. Seine Mutter drehte sich um und sah ihn an, während er sich mit dem Ärmel den Mund abwischte.

«Heh», sagte sie.

«Was?»

«Nimm mich mal in den Arm.»

Sie ging auf ihn zu und nahm seine Schultern, aber er entwand sich ihr und ging hinaus. Er hörte sie seufzen. Sie rief seinen Namen, aber er drehte sich nicht um, und sie ging zur Tür des Wohnwagens und sah ihm nach, während er in der Nacht und im leichten Nieselregen verschwand. Sie rief nochmals seinen Namen.

Er zog das Hemd über den Kopf und ging weiter bis zu einer Mauer, die wie eine schlecht verheilte Narbe in Richtung Meer verlief.

Zu Hause hatte es Proteste gegeben, Massen von Menschen, die Porträts hochhielten und Sprechchöre riefen, während sie durch die Straßen marschierten. Einmal ging er mit seiner Mutter hin. Sie nahm seine Hand, und das war ganz in Ordnung, denn er war noch zwölf. Er spürte ihre Nervosität, und sie hielt den Kopf gesenkt und sah auf ihre Füße. Das blaue Kopftuch verdeckte größtenteils ihr Gesicht. Als sie sich einer anderen Frau vorstellte, gebrauchte sie ihren Mädchennamen. Der Junge stieß sie an. Sie beugte sich hinunter und sagte, er solle den Mund halten oder sie würden auf der Stelle nach Hause gehen. Sie gingen mit dem Demonstrationszug. Seine Mutter war traurig und müde und erinnerte sich an andere Demonstrationen in den sechziger Jahren. Die seien hoffnungsvoller gewesen, sagte sie. Natürlich habe es damals auch Schwierigkeiten gegeben, aber es seien andere Schwierigkeiten gewesen, optimistischer, weniger bedrohlich. Sie sagte, heutzutage schmeckten die Schwierigkeiten bitter.

«Es weiß doch niemand, was ein Bürgerrecht eigentlich ist», sagte sie, und ihre Stimme war schrill, als wäre ihr die Vergangenheit plötzlich entschlüpft und als wäre sie davon überrascht.

Der Junge war zu aufgeregt, um ihr lange zuzuhören. Ihm gefiel das Geräusch der Stimmen rings um ihn her, und er ging mit einer Art prahlerischer Tapferkeit. Er fand ein Plakat für den irischen Freistaat, auf das eine Sturmhaube gemalt war, was dem Land selbst das Gesicht eines Straßenkämpfers zu verleihen schien. Er hob es auf und schwenkte es, bis der Wind es ihm entriss und über die Dächer einer Wohnhausreihe hinwegwehte. Seine Mutter zündete sich nervös ihre Zigaretten an. In der Nähe des Diamond hörten sie die ersten Gerüchte, dass weiter vorne, in den Seitenstraßen, Molotowcocktails geworfen würden. Beim Gedanken an Feuer in Straßen juckte es den Jungen mächtig in den Fingern, doch seine Mutter packte ihn am Ellbogen, und sie kehrten sofort um. Sie zerrte ihn so energisch hinter sich her, dass die Spitzen seiner Schuhe vom Pflaster fast aufgerissen wurden.

Er versuchte, stehen zu bleiben, und zum ersten Mal schlug sie ihn, leicht und auf die Wange. Sie standen vor einem Metzgerladen. Er war ein paar Tage zuvor ausgebrannt, und an den Haken hingen noch einige verkohlte Fleischstücke. Der Junge starrte über ihre Schulter auf das Fleisch, das im Laden hing. Er spürte noch ihren Klaps auf der Wange und begann zu weinen, und sie gingen gemeinsam nach Hause. Sie legte ihren Arm um seine Schultern.

Zu Hause schloss sie die Tür ab, schaltete das Licht aus und weichte wie immer eine Decke in der Badewanne ein, für alle Fälle.

Sie saßen im Dunklen und lauschten auf die Geräusche auf der Straße.

Er erkannte einen Saracen-Schützenpanzer am Klang der Reifen auf dem Asphalt und die Richtung, in der ein Hubschrauber kreiste, daran, welche Fensterscheiben lauter klirrten, die zur Straße oder die zum Hof. Er zupfte an der Füllung, die aus der Armlehne des Sofas quoll, und schnippte das gelbe, schwammige Zeug heimlich auf den Teppich. Da draußen waren Jungen in seinem Alter und warfen Steine. Er hatte sich eine verächtliche Grimasse angewöhnt, die nur für seine Mutter bestimmt war: Er zog die linke Oberlippe hoch und kniff das linke Auge halb zu. Die Unruhen gingen weiter, Woche um Woche, und die Grimasse verfestigte sich.

Als die Sprecher der in Decken gehüllten Gefangenen

begannen, von Hungerstreik zu reden, gab es im Radio alle möglichen Diskussionen. Entkriminalisierung, Straferlass, Absonderung, Kompromisslosigkeit, politischer Status – ihm schwirrte der Kopf von all diesen Worten.

Er dachte, dass Gott ein schwieriger und hinterhältiger Schweinehund sein musste, weil Er den Leuten verschiedene Wörter für ganz normale Sachen gegeben hatte.

Auf dem Kaminsims stand eine kleine Statue des heiligen Martin von Porres. Seine Mutter sagte im Scherz, sie gefalle ihr, weil sie aussehe wie Al Jolson. Nach dem Beginn des Hungerstreiks stellte sie die Figur weg, und als der Junge sie fragte, warum, gab sie keine Antwort. Er dachte, es habe vielleicht etwas mit Musik zu tun. Sie sang in einer Bar in der Stadtmitte. Als die Unruhen am schlimmsten waren, nahm sie ihn mit dorthin, und er saß auf einem Barhocker neben dem Klavier und machte seine Hausarbeiten. Sie sang von sieben bis zehn. Es war ein ruhiges Lokal, und sie spendierte ihm viele Colas und sang Liebeslieder, die nichts mit Politik zu tun hatten. Sie hatte eine wunderschöne Stimme, und manchmal schien es ihm, als wäre sie durch die vielen Zigaretten noch schöner geworden.

Er sah, wie die Gäste miteinander flüsterten. Sie sprachen nie laut und vermieden es, einander mit Vornamen anzureden.

Sie beugten sich über ihre Teller. Der Junge hatte das Gefühl, dass auch das Essen etwas war, das unter den Belagerungszustand fiel.

Am Ende des Abends sang sie immer, dass sie ihren Liebsten über den Ozean bringen wollte, aber das Meer war zu groß, und sie konnte nicht schwimmen, und Flügel hatte sie auch nicht.

Jeden Abend fuhren seine Mutter und er mit dem Taxi

nach Hause, und dann sah er sie in der Küche sitzen und auf die Hintertür starren. Die Teetasse zitterte in ihrer Hand, und der Rauch der Zigarette, die sie auf die Untertasse gelegt hatte, kräuselte sich in der Luft.

Im Nachthemd übte sie, ohne Licht durchs Haus zu gehen, durch die Küche, durch den Flur, wo sie mit geschlossenen Augen mit den Zehen die Fußmatte berührte und tastend prüfte, ob die Tür verriegelt war, dann, immer noch blind, die Treppe hinauf, ohne das Geländer zu berühren, um die ganze Landschaft des Hauses auswendig zu lernen, bis zum Treppenabsatz, vorbei an den leeren Bücherregalen, ins Badezimmer, wo sie die Decke aus dem Schrank holte. Dann kniete sie, noch immer mit geschlossenen Augen, vor der Badewanne nieder und drehte beide Hähne auf. Sie warf die Decke in die Wanne, trug sie, wenn sie sich voll gesaugt hatte, hinunter und legte sie vor die Tür, für den Fall, dass die Straße in Flammen aufging.

Immer dieses seltsame Zusammenwirken: draußen die feurige Wurfbahn, drinnen die eingeweichte Decke.

Der Junge versuchte, im Wohnwagen eine Zelle abzustecken: ein Fenster, ein Bett, ein Krug Wasser, eine Neonröhre, ein Stuhl, ein verzinkter Eimer als Nachttopf. Er blieb innerhalb der Grenzen dieses Raums und war drei Stunden lang hungrig, bis sie nach Hause kam. Ihr Gesicht war gerötet – vom Alkohol, dachte er –, und sie brachte Lebensmittel mit: Wurst, Eier, Käse, Blutwurst, drei frische Laibe Brot.

«Ich habe den Job.»

«Hast du irgendwas Neues gehört?»

«Zwei Abende pro Woche», sagte sie.

«Irgendwas Neues, Mama?»

«Ist das nicht toll?»

«Mama.»

Sie setzte sich an den Tisch, zündete sich eine Zigarette an, sah zu, wie Papier und Tabak zu Asche verbrannten, und sagte: «Am ersten Tag haben sie ihn zum Arzt gebracht. Sie haben ihn gewogen, seinen Blutdruck gemessen und so weiter. Haben ihm einen Wasserbehälter und ein paar Salztabletten und eine Einzelzelle gegeben.»

«Salztabletten?»

«Ich glaube, die braucht er für –»

«Ist Salz nicht eine Art Nahrung?»

«Das weiß ich nicht, Schatz, ich glaube nicht.»

«Wie viel Wasser trinkt er?»

«Ein paar Liter am Tag, nehme ich an.»

«Und wie viel hat er abgenommen?»

«Ach, Gott, was weiß ich, vielleicht ein Pfund, Schatz. Vielleicht auch mehr.»

Der Junge dachte eine Weile darüber nach und fragte dann:

«Geht es ihm gut?»

«Ich glaube schon. Aber sie stellen ihm Essen ans Bett.»

«Sie tun was?»

«Sie stellen ihm Essen in die Zelle, nur für den Fall. Neben sein Bett. Auf einem kleinen Tablett, das sie rein- und rausrollen. Es soll das beste Essen sein, das sie ihm je gebracht haben, und sie zählen alles bis zur kleinsten Erbse.»

«Schweine», sagte der Junge und freute sich, dass sie ihn nicht zurechtwies.

«Hat Grandma ihn besucht?»

«Er darf keinen Besuch kriegen. Es gibt einen Priester im Gefängnis, und der ruft sie abends an und erzählt ihr alles. Und noch ein paar andere rufen sie an. Und sie schreiben Kassiber auf Zigarettenpapier und lassen sie hinausschmuggeln.»

«Mann, die müssen aber echt klein schreiben.»

Sie kicherte leise und nahm den letzten Zug von ihrer Zigarette. Ihm fiel auf, dass sie sie weiter rauchte als je zuvor, bis hinunter zum Filter, bis das weiße Papier völlig verbrannt war, und dass ihre Finger dunkelgelb waren.

«Wird er mir auch einen Kassiber schreiben?»

«Wer weiß. Aber ich bin sicher, dass er ziemlich schwach ist.»

«Können wir ihn besuchen, wenn er wieder Besuch kriegen darf?»

«Mal sehen.»

Ihm kam ein Gedanke, und er fragte: «Wie viel wiegt er eigentlich?»

Sie war überrascht und sagte: «Ich habe keine Ahnung, Schatz.»

«Ungefähr.»

«Ich weiß es nicht. Ich hab ihn schon seit ich weiß nicht wie viel Jahren nicht mehr gesehen. Das letzte Mal, als dein Vater und ich geheiratet haben. Da war er noch ein Junge. Er hatte sich richtig rausgeputzt, mit Anzug und Fliege. Er sah gut aus damals. Aber jetzt, ach, ich habe wirklich keine Ahnung.»

«Ungefähr, Mama.»

Sie runzelte die Stirn. «Vielleicht hundertfünfzig Pfund, aber du solltest nicht an so was denken, Schatz, es wird alles gut werden. Denk nicht solche Sachen. Das ist nicht gut.»

«Warum nicht?»

«Ach, komm schon.»

«Wohin?»

«Pass auf, was du sagst.»

«Du hast gesagt: Komm schon.»

«Das reicht.»

«Bitte?»

«Das reicht!», rief sie.

«Das reicht wofür?», sagte er sanft.

Er trat wieder in seine Zelle, legte sich auf die dünne gelbe Matratze, verschränkte die Hände hinter dem Kopf, starrte an die Decke und stellte sich vor, er sei im Körper seines Onkels: Hände, die das Bettgestell so umklammerten, dass die Knöchel weiß wurden, der Klang von Messern und Gabeln auf Heizungsrohren, das Geräusch von Stiefeln auf dem Laufgang aus Stahl, der Spott der Wärter, vor dem Fenster Hubschrauber, die über dem Stacheldraht schwebten, die flackernden Kerzen der Mahnwache vor dem Tor, das schwindende Abendlicht, die laut gesprochenen Gebete, das Rumoren in seinem Magen, noch schwach, aber spürbar. Ein Teller mit Kabeljau erschien auf dem Tisch neben seinem Bett, mit einer Zitronenscheibe und einer großen Portion Pommes frites. Ein Stück Apfeltorte mit Eiscreme. Zuckertütchen für den Tee. Milch in winzigen Tüten. Das alles sorgfältig an seinem Bett arrangiert, um die Versuchung so groß wie möglich zu machen. Aus einer entfernten Zelle drang ein Schrei, andere fielen ein. Man rief sich zu, dass ein Wärter kam. Aus der Nachbarzelle bekam der Junge eine Zigarette. Sie huschte am Ende eines Stückes Angelschnur über den Boden und blieb ein paar Zentimeter vor seiner Zellentür liegen, sodass er sie, wenn er niederkniete und eine Seite aus der Bibel benutzte, unter der Tür hindurchziehen konnte. Es war eine Selbstgedrehte, gerade dünn genug, um durch den Spalt zu passen, und er legte sich hin, zündete sie an – das Streichholz riss er mit dem Daumennagel

Hungerstreik **51**

an – und sog den Rauch tief in die Lunge und blies Rauchringe an die Decke, aber dann kam seine Mutter, durchbrach die Mauern seiner Zelle und stand an seinem Bett.

«Na gut, mein Lieber», sagte sie. «Wenn du brav bist, hab ich eine Überraschung für dich.»

Sie führte ihn aus seiner Zelle an den Resopaltisch, wo sie eine üppige Mahlzeit angerichtet hatte. Anfangs schob er den Teller von sich, aber dann spießte er die Wurst auf und stach in die Eigelbe und tauchte das frische Brot ein und aß mit einer solchen Wut, dass sein Bauch schmerzte. Er sah auf seinen leeren Teller und stellte sich vor, er sei voll, und dann warf er seine Gefängnisdecke darüber und stöhnte und kämpfte gegen den Hunger und das schwache, unvermeidliche Erschauern an.

Eintrag in einem Notizbuch:

Erster Tag:	150	lbs	67,9 kg
Zweiter Tag:	149	lbs	67,5 kg
Dritter Tag:	147,9	lbs	66,99 kg
Vierter Tag:	146,9	lbs	66,54 kg

Bei Tisch musterte er das Essen und stocherte darin herum. Täglich hörte man jetzt von einer bevorstehenden Einigung, aber die Gespräche wurden immer abgebrochen. Selbst die Nachrichtensprecher klangen zermürbt. In den Zeitungen waren Karikaturen, die er nicht verstand. Er versuchte, die Leitartikel zu lesen, und das Wort «Durchbruch» bekam eine doppelte Bedeutung.

Er dachte an jenen Winter in Derry, in dem das Tauwetter den Kadaver eines herrenlosen Greyhounds in einer leer stehenden Lagerhalle zutage gebracht hatte – mit dem Sonnenschein war auch der Gestank gekommen.

Er beschloss, nichts mehr zu essen. Als seine Mutter nicht hinsah, warf er das Hühnchen mit Reis auf seinem Teller in den Mülleimer, und er trank nur Wasser. Er legte sich auf sein Bett und entwarf in Gedanken ein Manifest. Er würde nichts mehr essen, bis alle Forderungen seines Onkels erfüllt waren: das Recht, seine eigenen Kleider zu tragen und Päckchen und Besuche zu bekommen, die Rücknahme der Streichung eines möglichen Straferlasses, Befreiung von der Gefängnisarbeit und die Wiedererteilung der Umschlusserlaubnis. Er verstand nicht alle Forderungen, aber er flüsterte sie trotzdem in die Nacht und versuchte, die Schmerzen in seinem Magen zu ignorieren. Als er aufwachte, war sein Mund ausgetrocknet.

Beim Frühstück nahm er seine Cornflakes mit nach draußen und schüttete sie in das hohe Gras.

Am Nachmittag lag er ausgestreckt auf seinem Bett und fand, dass sein Bauch flacher wurde. Er suchte in seinem Körper nach Hinweisen auf den Zustand seines Onkels: die Brust eingefallen, die Rippen hervorstehend, die Arme nackt, mit zuckenden Muskeln. Seine Mutter ertappte ihn vor dem Spiegel, sagte aber nichts. Er ging unvermittelt hinaus, am Rand der Klippe entlang, und verbrachte Stunden in einem verlassenen Vauxhall nicht weit von einer kleinen Bucht. Er saß am Steuer, starrte durch die zerbrochene Windschutzscheibe und stellte sich vor, dass er nach Hause fuhr, dass er sich auf schmalen Straßen der Stadt näherte. Der Schalthebel vibrierte in seiner Hand, das Gaspedal berührte den Boden, und er war ungeheuer geschickt mit der Kupplung. Er durchbrach Straßensperren und schüttelte den schwarzen Hubschrauber ab. Am Straßenrand wartete eine Gruppe maskierter Männer auf ihn. Sie stiegen ein, und dann fuhren sie in Richtung Osten, zum Gefängnis, wo sie einen Durchbruch eigener Art bewerkstelligen würden.

Zur Essenszeit fragte er, ob er draußen allein essen dürfe, und seine Mutter erlaubte es ihm. Als er hinausging, war ihm schwindlig, und in seinem Bauch spürte er jetzt ein dumpfes Pochen. Er warf das Essen ins Gras, wo noch die Cornflakes vom Morgen lagen. Die meisten hatten die Möwen sich schon geholt.

Sie stand vor der Wanne und wartete darauf, dass das Öl heiß wurde. Sie hatte ein hübsches Gesicht, und er wurde verlegen, als er merkte, dass sie ihn ein zweites Mal ansah. Draußen schlug die Kirchturmglocke elfmal. Er war seit 34 Stunden im Hungerstreik. An der Wand über dem Regal mit Süßigkeiten hing ein Poster der italienischen Fußballnationalmannschaft. An der Kasse war mit Klebeband die Statue eines Heiligen befestigt. Die Handflächen des Jungen waren verschwitzt, und er schob die Münzen von einer Hand in die andere. «Du bist heute Morgen der erste Kunde», sagte sie. Er nickte und betrachtete sein verzerrtes Spiegelbild in der Edelstahltheke. Sein Gesicht war abwechselnd breit und schmal. Er wippte auf den Zehenspitzen und schnitt Grimassen, hörte aber auf, als das Mädchen hinter der Theke kicherte.

Als er den Schnellimbiss verließ, weinte er, und der Essig war so stark, dass er den Geruch noch tagelang an den Händen hatte.

Achter Tag:	143,1 lbs	64,82 kg
Neunter Tag:	142,3 lbs	64,46 kg
Zehnter Tag:	141,6 lbs	64,14 kg

Der Kajak war schon früh am Morgen draußen. Der Junge sah, wie elegant die beiden alten Leute durch das Wasser glitten, und in diesem Augenblick hasste er sie für ihre einsame Freude, für den synchronen Rhythmus ihrer Paddel, für die Art, wie einer die Bewegungen des anderen erahnte, und zwar, dessen war er sicher, in vollständigem Schweigen.

Er sah auf sie hinunter und fühlte sich wie ein einsamer Scharfschütze im Morgengrauen.

Sie waren hundert Meter weit draußen und bewegten sich parallel zur Küste. Die Wellen ließen das Boot auf und ab hüpfen – es hätte der Ausschlag eines Elektrokardiogramms sein können. Weiter draußen gab es Wellen mit Schaumkronen, die sich früh brachen, doch der Kajak hielt seinen Kurs, die Paddelblätter fuhren durch die Luft, der Bug durchschnitt die Wellen in einem schiefen Winkel. Auf dem Wasser wirkte das Boot erstaunlich gelb, als hätte das Meer beschlossen, ihm mehr Farbe zu verleihen, als es verdiente, und nur die alten Leute in ihren dunklen Kleidern milderten diesen Eindruck. Der Mann trug ein blaues Arbeitshemd, die Frau ein graues Kleid.

«Peng. Peng», sagte der Junge leise.

Seine Mutter stand auf den Stufen des Wohnwagens und beobachtete ihn aus dem Augenwinkel. Nach dem Hungerstreik hatte er Verstopfung gehabt, ihr den Grund dafür aber nicht verraten. Sie hatte ihm etwas gegeben, von dem er hatte brechen müssen. Jetzt gehe es ihm schon sehr viel besser, sagte er, und ob er einen Ausflug in die Stadt machen dürfe.

Sie griff tief in die Tasche ihrer Jeans, holte eine Fünfzig-Pence-Münze hervor und gab sie ihm.

«Fünfzig Pence?»

«Ja.»

«Was soll ich mit fünfzig Pence?»

«In halb so viele Schwierigkeiten geraten wie mit einem Pfund.»

Der Junge lachte leise.

«In Ordnung», sagte er.

Er rannte den Hügel hinunter und schlug dabei mit einem Stock nach den Brombeeren. Am Fuße des Hügels drang die Kühle des Frühsommertages durch sein Hemd, und er schlug die Arme um sich.

Der Kajak war nur noch ein winziger Punkt auf dem Wasser.

In der Stadt standen ein paar ältere Jugendliche in einer Gasse, und er beobachtete sie durch das Fenster des Spielsalons. Das Licht einer blauen Neonreklame blinkte rhythmisch. Sie trugen enge schwarze Hosen und weiße Hemden, aber ihre Haare waren kürzer als seine, und sie hatten Koteletten. Er lächelte, als er sah, dass sie schwarze Armbinden trugen. Er wollte hinausgehen und ihnen sagen, dass sein Onkel sich an dem Hungerstreik beteiligte. Sie würden ihn mit einer gewissen Ehrfurcht betrachten, und ein Schauer würde sie überlaufen, und sie würden wissen, dass er ein harter Bursche war. Sie würden ihre Zigaretten mit ihm teilen und ihm einen Spitznamen geben. Er würde ihnen sein Taschenmesser zeigen und ihnen erzählen, wie er einmal einen Soldaten vom Hals bis zum Bauch aufgeschlitzt hatte wie einen erlegten Hirsch.

Einer der Jugendlichen sah sich verstohlen um, und der Junge war überrascht, als er sah, dass er sich eine Tüte mit Klebstoff an den Mund hielt.

Er drehte sich sofort um und steckte die Fünfzig-Pence-Münze in den Apparat. Er spielte, und der Schweiß trat ihm auf die Stirn, aber die Jugendlichen in der Gasse drückten die Plastiktüte an ihre Gesichter. Er fragte sich, wie es wohl war, high zu sein. Zu Hause hatte er nie einen seiner Freunde Drogen nehmen sehen. Nebenan hatte mal eine Dealerin gewohnt, die schließlich Kugeln in beide Knie gekriegt hatte. Wenn sie nach Hause kam, klirrten ihre Krücken auf dem Bürgersteig, dass es klang wie eine schrille, metallische Sprache, und spätnachts, wenn sie Musik hörte, schlug sie mit ihren Krücken den Rhythmus. Aber weil sie weiter dealte, traten die Männer vom Bürgerkomitee ihre Tür ein und schossen ihr durch die Ellbogen und sicherheitshalber auch noch durch die Fußknöchel, und danach war sie weg, und die Leute sagten, dass sie nach England gegangen war und im Rollstuhl saß und immer noch dealte.

Er warf einen verstohlenen Blick in die Gasse.

Sie sogen die Luft aus der Tüte und bliesen sie wieder auf – es sah aus wie das Schlagen eines eigenartigen grauen Herzens. Zwischen den Zügen rauchten sie Zigaretten, und einer von ihnen steckte sich lässig eine brennende Zigarette hinters Ohr, sodass von seinem Kopf Rauch aufstieg.

Der Junge klopfte seine Taschen ab und verfluchte sich, weil er all sein Geld in den Automaten geworfen hatte, aber er spielte zwei Stunden lang, bis ihm die Finger wehtaten, und als er wieder zu der Gasse sah, waren die Jugendlichen verschwunden. Zigarettenkippen lagen im Kreis verstreut, und beim Gully hatte sich jemand erbrochen. An die Mauer am Ende der Gasse hatte jemand geschrieben: *Sprengt Block H.*, und daneben stand: *Bobby Sands M.P., R.I.P.* Er nickte den Graffiti zu und wünschte, er hätte eine Farbspraydose, damit er den Namen seines Onkels überall in der Stadt in großen Buchstaben an die Mauern schreiben könnte.

Das Meer warf hohe Wellen an den Strand, und weiter draußen sah er ein paar Fischerboote. Eines davon hatte am Mast auf der Kajüte die irische und eine schwarze Flagge gesetzt. Der Junge rannte zum Wasser und winkte dem Boot zu, doch es winkte niemand zurück. Pfeifend ging er auf dem festen, feuchten Sand am Meer entlang.

«Weiter so», rief er dem verschwindenden Boot nach.

Er zog die Schuhe aus und spielte mit den Wellen, forderte sie heraus, seine Füße nass zu machen. Der kalte Sand sog an seinen Zehen und machte schmatzende Geräusche. Er stellte fest, dass er lachte, und war sich nicht ganz sicher, ob es in Ordnung war, Spaß zu haben in dieser fremden Stadt, an diesem fremden Strand, in dieser fremden Einsamkeit.

Er ging weiter hinein, bis die Wellen seine Knöchel umspülten, und trat nach dem Wasser, sodass die Tropfen seltsame Muster bildeten und Parabelkurven durch die Luft beschrieben. Mathematik war das Einzige, was ihm in der Schule Spaß machte, auch wenn er das niemandem verriet, und er fragte sich jetzt, ob er die Flugbahn eines Wassertropfens berechnen könnte. Es würde eine seltsame Kurve sein, dachte er, festgehalten in einer Millisekunde, vom einen Ende der Achse bis zum anderen. Er könnte eine Formel für die Bewegung von Wasser entwickeln, und nur er würde sie verstehen.

Das Wasser fühlte sich nicht mehr kalt an, und einen Augenblick später rannte er am Meer entlang, trat wild nach dem Sand und lachte.

Das Meer schien verdammt, seine Freude auszuhalten.

Er schrie den Wellen zu: «Na los, versucht's doch, na los!» Inzwischen war er bis zu den Knien nass, und er rannte am Rand des leeren Strandes entlang wie ein scheckiges Pferd, mit hohen Sprüngen und gerecktem Hals, bis er plötzlich erstarrte und spürte, dass er errötete.

Auf dem Pier saßen drei Mädchen und ließen die Beine baumeln. Sie flüsterten sich irgendein Geheimnis zu, von dem der Junge wusste, dass es mit ihm zu tun hatte. Er ließ für ein paar Schritte den Kopf hängen und sprang dann noch einmal in die Luft, nur für den Fall, dass sie ihm zusahen.

Er kletterte über den Pier, und als er außer Sichtweite war, setzte er sich auf einen Felsen, holte eine Zigarettenkippe aus der Hemdtasche und legte sie auf den Stein, damit die Sonne sie trocknete.

Während er wartete, sah er zu, wie die Mädchen über den Strand gingen, sich in den Sand setzten und sich ein Eis in der Waffel teilten. Eine von ihnen stand auf und zog ihren roten Pullover aus. Sie hatte kurze blonde Haare, und ihre Brüste drückten gegen die weiße Bluse. Als sie sich reckte und die Arme hinter den Kopf legte, bekam er eine Erektion. Er setzte sich hinter einen großen Felsen, machte den Reißverschluss auf und nahm seinen Schwanz in die Hand. Während er sich einen runterholte, sah er zu, wie sie sich weiterreckte und mit dem Zeh eine Furche in den Sand zog. Er konzentrierte sich auf ihren Rücken, und als sie nochmals die Arme hinter den Kopf legte und ihren Körper durchbog, machte er die andere Hand hohl. Er schloss die Augen und biss sich auf die Lippe, und als er fertig war, packte er seinen Schwanz wieder ein und sah sich verstohlen um.

Die beiden alten Leute hielten auf den Pier zu. Sie waren so mit dem Paddeln beschäftigt, dass sie ihn nicht gesehen hatten, doch er schämte sich trotzdem, als er seine Hand an einem Felsen abwischte. Er nahm einen kleinen Stein und warf ihn in hohem Bogen. Er landete zehn Meter vom Kajak entfernt im Wasser und machte dabei ein leises Geräusch, sodass der alte Mann sich verwundert umdrehte.

«Leck mich doch», flüsterte der Junge.

Sie saß auf den Stufen des Wohnwagens und hatte einen Taschenspiegel in der Hand. Sie trug den Lippenstift auf und fuhr sich mit der Zunge über die Zähne. Sie sah schön aus, und das machte ihn wütend, und er wollte ihr sagen, dass sie sich den Lippenstift abwischen sollte, doch er wusste, dass sie sich nur auf ihren Auftritt vorbereitete. Sie würde sich verführerisch zum Mikrophon beugen und von Frauen singen, die sich ihr Haar mit schwarzen Samtbändern hochbanden.

«Ich will eine schwarze Armbinde, Mama», sagte er und blieb auf den Stufen stehen.

«Nein, bitte, fang nicht wieder damit an. Nein.»

«Warum nicht?»

«Weil ich nein gesagt habe.»

«Ich will aber eine.»

«Bitte. Ich bin deine Mutter, und wenn ich nein sage –»

«Ich hab in der Stadt ein paar Jungen gesehen, die welche hatten.»

«Du brauchst keine Armbinde.»

«Sogar ein paar Mädchen. Echt.»

Er sprach das Wort sehr betont aus, und sie senkte den Kopf und starrte in den Spiegel und berührte ihn mit dem Zeigefinger, als stünde dort eine Antwort. «Nein», sagte sie, und bei diesem einen Wort hatte sie einen eindeutig südlichen Akzent, als hätte sie ihren Geburtsort geändert.

Der Junge murmelte etwas und schob sich an ihr vorbei in den Wohnwagen. Dann sah er das Kofferradio auf dem Küchentisch. Es war mit einer blauen Schleife verziert.

Seine Mutter stand in der Tür, umhüllt von Licht.

«Ich dachte mir, du spielst nicht gern allein Schach», sagte sie. «Darum hab ich dir eine Kleinigkeit mitgebracht. Ein Geschenk. Damit du was hast, wenn ich arbeite. Vielleicht kriegst du einen Piratensender rein.»

Der Junge nahm das Radio und drehte am Frequenzknopf. Eine kratzige Musik erklang. Er hielt den Apparat ans Ohr und wiegte sich hin und her.

«Als dein Vater und ich jung waren, sind wir mal für ein paar Tage nach Portrush gefahren, und in unserem Zimmer gab's ein Radio, und da haben wir immer einen Sender gehört, der Radio Luxemburg hieß», sagte sie. «Manchmal war der Empfang schlecht, und dann nahm dein Vater das Radio und ging damit im Zimmer herum, und manchmal dachte ich, die Musik käme von deinem Vater ...»

«Hatte Daddy ein Radio, als er jung war?»

«Klar. Dein Daddy war der Erste in Derry, der die Rolling Stones gehört hat.»

«Das sind die mit *I can't get no satisfaction*, oder?»

«Genau das sind sie.»

«Was für eine Musik hat mein Onkel am liebsten gehört?»

«Ich bin sicher, dass er dieselben Sachen gehört hat», sagte sie, und dann hielt sie inne und sah den Jungen an. «Ich bin sicher, dass dein Onkel auch ein Radio hatte.»

«Wie das hier?»

«Vielleicht. Wer weiß.»

«Mit Antenne und so?»

«Kann sein. Vielleicht hat er sich dieselben Songs angehört wie dein Daddy. *Brown Sugar. Honky-Tonk Women.* Damals gab es gute Musik.»

«Danke, Mama.»

«Gefällt es dir?»

«Ja. Es ist klasse. Ich find's toll.»

«Damit du hier oben nicht so allein bist.»

Er drehte den Knopf hin und her, bekam aber nur schwache Signale, bis auf einen gälischen Sender, der laut und fremdartig klang. Er warf sein Haar zurück und sagte dann: «Mama?»

«Was ist, Schatz?»

«Ich will trotzdem eine schwarze Armbinde.»

Sie schüttelte den Kopf, biss sich auf die Lippe und sah ihn mit einem halben Lächeln an. «Bei dir würde sogar der Papst einen Herzanfall kriegen.»

Ihm kam ein Gedanke, und als sie hinausging, fragte er sie, welchen Blutdruck sein Onkel habe.

«Keine Ahnung. Woher soll ich das wissen?»

«War bloß eine Frage.»

«Du bist manchmal ein komischer Junge.»

«Was ist ein normaler Blutdruck?»

«Wenn du in der Nähe bist, ist er jedenfalls zu hoch», sagte sie lachend.

«Im Ernst, Mama.»

«Hundertzwanzig zu siebzig, glaube ich.»

Er stellte sich vor, wie ein Strich die beiden Zahlen auseinander schnitt.

Sie sah noch einmal in den Spiegel und prüfte ihren Lippenstift. «Viel Spaß mit deinem Radio», sagte sie. «Ich bin um Mitternacht zurück. Vergiss nicht, die Tür abzuschließen.»

Als sie ging, fiel ihm auf, dass sie eine sehr enge Hose trug. Sie schwenkte den Gitarrenkoffer in der Hand. Auf dem Koffer waren Aufkleber aus dem ganzen Land, und es schien ihm oft, als trüge sie einen Atlas: Dublin, Belfast, Limerick, Cork. Auch ihrer Lederjacke sah man an, dass sie weit herumgekommen war. Sie und sein Vater waren früher mit drei oder vier anderen Musikern in einem Bedford-Bus durch das ganze Land gefahren. Sein Vater war Roadie gewesen und hatte die Holzpodeste gebaut, auf denen die Lautsprecher standen, aber die Zeiten für Showbands waren schon lange vorbei, und sein Vater war schon lange tot, bei einem Unfall in Kildare ums Leben gekommen. Er war allein unterwegs gewesen, und der Wagen war ins Schleudern gekommen, nachdem der rechte Vorderreifen geplatzt war. Damals war der Junge sieben gewesen. Er versuchte, sich an das Begräbnis zu erinnern, aber es gelang ihm nicht: Er sah nur schemenhafte Gestalten, die eine Kiste auf den Schultern trugen. Er hatte sich über die Kiste gebeugt und sie geküsst, und dann war sie in den Leichenwagen geschoben worden.

Er drückte das Radio an sich und sah seiner Mutter nach.

Sie ging sehr vorsichtig neben dem matschigen Weg, der sich in Windungen vom Hügel auf der Landzunge zur Stadt schlängelte. Ihre Füße hinterließen Spuren in der Erde, und die Grashalme beugten sich, als wollten sie die Erinnerung an sie und all die Orte, an denen sie gewesen war, bewahren.

Als sie außer Sicht war, ging der Junge zu seiner Tasche und holte ein altes schwarzes T-Shirt hervor. Er riss einen Streifen ab und band ihn sich ganz oben um den Arm. Es hätte eine breite Tätowierung sein können. Die Armbinde saß eng, als er die Oberarmmuskeln anspannte, und er betrachtete kurz sein Spiegelbild im Fenster.

Du siehst gut aus, Mann.

Ja, geht schon.

Du bist fit.

Bin ich.

Du könntest glatt jemanden zu Brei hauen.

Könnte ich.

Richtig die Fresse polieren. Du wärst der Richtige dafür, das ist mal sicher.

Ja, das ist mal sicher.

Er hielt das Radio wieder ans Ohr und ging im Wohnwagen herum, an den Wänden seiner Zelle entlang. Dafür brauchte er nur sieben Schritte. Er bemerkte, dass der Empfang an dem Fenster, das aufs Meer ging, am besten war, und er blieb dort stehen und hörte einen schwachen, weit entfernten Sender, ein David-Bowie-Stück, bei dem er mitsang. Im Gefängnis gab es auch Radios, hatte er gehört, kleine Detektorempfänger. Die Teile wurden hereingeschmuggelt, und die Gefangenen versteckten sie in ihren Bärten, ihren Achselhöhlen, ihren Armbeugen, sogar in ihren Ärschen. In der Zelle bauten sie sie wieder zusammen, und manchmal war der Empfang am besten, wenn sie die Detektorteile in den Mund nahmen und sich ans Fenster stellten, sodass der ganze Körper die Nachrichten über das empfing, was ihnen widerfuhr.

Der Junge zog die Antenne seines Radios aus. Er nahm sie in den Mund. Am Empfang änderte sich nichts.

Das Bowie-Stück klang aus, und er sah hinaus aufs Meer. Wenn die Sonne einmal den Horizont berührt hatte, ging sie sehr schnell unter. Die Farben des Himmels verblassten, und er wurde gestaltlos. Die Dunkelheit bricht nicht herein, dachte er, während er sich zu den Klängen der Radiomusik hin und her wiegte. Sie steigt vom Meeresgrund auf und beginnt rings um uns her zu atmen.

| Zwölfter Tag: | 139 lbs | 62,96 kg | 120/70 |
| Dreizehnter Tag: | 138,2 lbs | 62,6 kg | ? |

Er drehte sich voller Scham zur Wand, als seine Mutter mit ihrem Schlafsack an sein Bett kam und sich neben ihn legte. Sie sagte, sie habe gehört, wie er sich hin und her gewälzt habe. Sie roch nach Bar – Zigarettenrauch im Haar, und ihre Stimme war heiser vom Singen –, und der Junge fragte sich, ob es ihr Spaß gemacht hatte, und hoffte, dass es nicht so war: Er konnte den Gedanken nicht ertragen, dass sie gelacht hatte.

Er spürte das Blut in den Adern seines Arms und lockerte heimlich die Armbinde. Sie machte den Reißverschluss ihres Schlafsacks zu, strich ihm übers Haar und sagte: «Alles wird gut.»

Der Junge drückte sich an die Wand und biss sich auf die Zungenspitze.

«Es ist ein netter kleiner Pub», sagte sie. «Viele Touristen. Sie haben eins von diesen alten Bonbongläsern aufgestellt, für Trinkgeld, und da ist ein bisschen was zusammengekommen. Und weißt du was? Ich hab eine Pfundnote reingelegt, damit alle anderen auch Papiergeld reinwerfen, und fast alle haben's getan. Pfundnoten! Witzig, oder? Uns wird's hier schon noch gefallen – wart's nur ab.»

«Hast du irgendwas Neues gehört?»

«Das Telefon am Pier hat vorhin geklingelt, und es war deine Grandma.»

«Wann kriegen wir ein richtiges Telefon?»

«Bald.»

«Was hat sie gesagt?»

«Sie sagt, sie hat dich lieb.»

«Das sagt sie doch immer.»

«Sie sagt, sie will, dass du stark bist.»

«Stark», sagte er. Seine Stimme kippte von hoch nach tief, und er fragte sich, ob er in einem einzigen Wort zwei verschiedene Menschen sein konnte, ein Junge und ein Mann.

«Wenn man im Hungerstreik ist», fragte er, «geht der Blutdruck dann rauf oder runter?»

«Du stellst vielleicht Fragen!»

«Rauf oder runter?»

«Ich habe keine Ahnung», sagte seine Mutter. «Wahrscheinlich schwankt es. Warum fragst du?»

«Nur so.»

«Du bist ein Rätsel», sagte sie.

«Ein gutes Rätsel?»

«Ja, ein gutes Rätsel», sagte sie und lachte.

«Ich will aber kein Rätsel sein.»

«Na gut, dann eben nicht.»

«Ach, Mama», sagte er und drehte sich zur Wand.

Er hörte ihren Schlafsack wispern und knistern, als sie versuchte, eine bequeme Lage zu finden. Er war überrascht, als er am nächsten Morgen erwachte, beunruhigt, weil er eingeschlafen war, neben seiner Mutter, die leise schnarchte.

Am Strand stand ein Pfahl, an dem ein rot-weißer Rettungsring hing. Spät am Abend, als seine Mutter im Pub sang, ging er dorthin.

Der Strand war menschenleer. Verwehter Abfall wirbelte über den Sand. Im Haus des alten Paares brannte ein helles Licht, und der Junge stellte sich vor, dass es ein Unterschlupf war. Er winkte seinen Kumpels zu und begann, mit Steinen nach dem Pfahl zu werfen. Anfangs gingen die meisten Würfe vorbei, doch immer öfter schlugen die Steine kleine Kerben ins Holz. Er entwickelte verschiedene Rhythmen, und der Pfahl wurde zu einem Soldaten im Kampfanzug. Der Rettungsring war sein Schild. Der Soldat hatte ein Kindergesicht und sprach mit Londoner Akzent. Der Junge trat einen Schritt zurück und warf einen Stein, der die Augen des Pfahls traf, und der Soldat winselte. Von der Augenbraue tropfte ein bisschen Blut, und der Junge tanzte und wirbelte im Sand herum und vollführte einen perfekten Kung-Fu-Kick. Er warf noch einen Stein und zielte diesmal auf den Hals, weil er gehört hatte, dass dies die verwundbarste Stelle war.

Zu Hause im Norden hatte er abends nie auf die Straße gehen dürfen, aber hier, im Sand, begann er seinen eigenen Aufstand.

«Wichser!», schrie er.

Der Soldat ging in die Knie, doch der Stein traf ihn trotzdem, sodass er hintenüberfiel. Sirenen heulten, und vom Meer brachte man Molotowcocktails herbei. Der Junge zog sein T-Shirt aus und band es sich vors Gesicht. Er rannte zu dem Pfahl und spuckte ihn an, und als er sich umdrehte, wollte der Soldat ihm von hinten eins überziehen, aber er duckte sich genau im richtigen Moment und trat dem Soldaten ins Gesicht, dass das Blut aus der Nase spritzte.

«Du willst es unbedingt wissen, was? Steh auf! Los, steh auf!»

In der Ferne hörte er das vertraute Dröhnen von Armeelastwagen. Er drückte dem Soldaten aus London die Daumen auf die Kehle und sagte: «Sag deinen Jungs, sie sollen sich zurückziehen, sonst bring ich dich um.» Er drückte fester zu. Der Soldat nickte folgsam, und die Lastwagen kehrten um.

Er suchte den Strand nach Steinen ab, die gut in seine

Hand passten, und entwickelte eine unglaubliche Treff-sicherheit. Die Steine pfiffen durch die Luft.

Es war Ebbe, und er warf aus verschiedenen Positio-nen. Die Steine hämmerten gegen den Pfahl, der jetzt drei Soldaten war. Sie standen hintereinander. Er wich ihren Gummigeschossen aus, kletterte auf Hausdächer und ver-spottete sie.

«Kriegt mich doch, ihr Wichser!»

Am Ende der Unruhen dieses Abends ging er zu dem Pfahl, lächelte und sagte zu den Soldaten, ein Mann müsse tun, was ein Mann tun müsse. Ob ihnen klar sei, fragte er sie, dass sie bloß ein paar hirnlose Wichser seien? Die Sol-daten wimmerten, denn sie litten unerträgliche Schmerzen, und einer von ihnen verbrannte langsam von unten nach oben. Der Junge spuckte aus und löschte das Feuer, und aus lauter Barmherzigkeit ließ er den Soldaten leben.

Siebzehnter Tag: 137,6 lbs   62,33 kg   110/68

Einmal blieb er fast bis Mitternacht am Meer. Er sah seine Mutter vom Pub zurückkommen. Sie trug ihre Gitarre, und ihr Schatten tanzte über die Lichtflecken auf dem Asphalt, und dann hatte die Dunkelheit sie verschluckt.

Sie nahm den langen Weg, und der Junge rannte auf dem kurzen Pfad den Hügel hinauf und war vor ihr am Wohn-wagen.

Diesmal legte sich seine Mutter nicht neben ihn, aber sie trat an sein Bett, küsste sein Haar, sagte ihm, dass sie ihn liebte, und nahm ihn in die Arme, und das Gewicht ihrer Umarmung war ihm peinlich. Er wünschte, sie würde nach Alkohol oder einer anderen Verfehlung riechen, damit er sich losmachen könnte, aber da war nichts.

Es war der einundzwanzigste Tag, und sie sagte ihm, dass sein Onkel siebzehn Pfund abgenommen hatte und dass sie noch immer Essen am Fußende seines Bettes abstellten wie ein Äquinoktium zwischen Leben und Tod. Er war noch im Zellenblock, doch wahrscheinlich würde er bald ins Gefängniskrankenhaus verlegt werden. Angeblich war er guten Mutes, auch wenn sein Husten schmerzte und es ihm schwer fiel, Wasser zu trinken. Zum ersten Mal seit Jahren las er Bücher – Gedichte und ein Stück von W. B. Yeats. Wenn er das Zellenfenster vor der Sichtblende öffnete, konnte er die Protestanten hören, die vor dem Gefängnistor ihre Trommeln schlugen, und das war für ihn wie eine langsame Folter.

Sie gab dem Jungen eine Zeitung, und er stellte zu seiner Überraschung fest, dass auch andere Menschen Schicksale hatten. Eine ältere Frau war von einem Soldaten erschossen worden, der ihren Schirm für ein Gewehr gehalten hatte. Ein junger Vater war beim Verlassen der Entbindungsklinik erschossen worden. Ein Seiltänzer aus Frankreich war in Brand gesteckt worden, als er zwischen zwei Wohnblocks auf einem Seil balanciert hatte: Ein Molotowcocktail hatte ihn am Knie erwischt, und er war weitergegangen, während die Flammen ihn umzüngelten, und schließlich in den Foyle gestürzt, in dessen dunklem Wasser zuvor schon seine Balancestange verschwunden war. Die Unruhen auf den Straßen waren schlimmer denn je: brennende Barrikaden, Tränengas, Gummigeschosse, Kontrollposten.

Und immer noch keine Nachrichten von einem Durchbruch, obgleich sich ein paar internationale Komitees eingeschaltet hatten. Alle suchten händeringend nach einer Lösung, sie musste bald kommen, es war unvermeidlich.

Seine Mutter sagte, sie frage sich manchmal, ob die Menschen vielleicht hier und dort ständig kleine Stücke ihres Verstandes verloren hatten, sodass die ganze Welt verrückt geworden und alles auseinander gefallen war.

«Wie lange hat der längste Hungerstreik gedauert?», fragte er.

«Etwas über sechzig Tage.»

«Und der kürzeste?»

«Oh, bitte, Kevin, lass uns nicht mehr darüber reden.»

«Vierzig Tage oder so, stimmt's?»

«Leg dich jetzt schlafen. Bitte, Schatz. Bitte.»

«Ich frage doch bloß.»

«Und ich sage dir: Geh jetzt ins Bett. Bitte.»

Er konnte nicht schlafen, stand um vier Uhr auf, schlich auf Zehenspitzen durch den Wohnwagen, stahl achtzehn Pfund aus der Handtasche seiner Mutter und ging in die Stadt, wobei er einen Bogen um den Friedhof machte. Die Straßen waren still und unheimlich. Über ihm bewegten sich die Sterne in ihren Bahnen. Fledermäuse umschwirrten die Straßenlaternen in eigenartigen Flugfiguren. Ein kalter Wind wehte vom Meer. Der Junge warf Steine nach den drei Ampeln, die es in der Stadt gab. Bei einer zertrümmerte er das gelbe Glas und rannte davon, verfolgt von unsichtbaren Polizisten.

Über den Bergen brach der Tag an. Das Licht nagte Konturen in die Stadt.

Er ging an der Küstenstraße entlang, bis ein Farmer ihn in seinem Lieferwagen mitnahm. Mürrisch saß er da, während der Farmer über Silage redete. Der Farmer sagte, die irische Regierung sei drauf und dran, über den Silagepreis zu stürzen. Silage sei ein Thema, das sie nicht ignorieren könne. Silage sei das Einzige, was ihr in dieser Gegend der Welt Stimmen bringen könne. Wenn sich die Politiker über irgendwas aufregen sollten, dann über Silage. Der Farmer roch stark nach Alkohol. Wenn er schaltete, knirschte das Getriebe. Einmal legte er die Hand auf das Knie des Jungen und sagte, dass Silage auch im Norden ein wichtiges Thema sei und sogar die Protestanten dafür auf die Barrikaden gingen.

Der Junge hielt so viel Abstand wie möglich und legte für alle Fälle die Hand an den Türgriff, bis der Farmer ihn in der Stadtmitte absetzte.

«Danke», sagte er und fügte leise hinzu: «Fick dich ins Knie!»

Die Stadt war bereits voll erwacht. Rundfahrtbusse schoben sich durch die Straßen. Autos umkurvten ihn. Aus Plattenläden quoll Musik. An Telefonmasten hingen Zettel, auf denen stand: *Unterstützt die Hungerstreikenden!*, und von einem Balkon in der Dominick Street flatterten schwarze Fahnen. Der Junge reckte die geballte Faust. Die Mädchen trugen sehr enge Jeans, und durch den Stoff ihrer T-Shirts konnte er ihre Brustwarzen sehen. Er ging gebeugt, damit seine Erektion abklang. Bei einer Toreinfahrt sang er einem Straßenköter etwas vor:

Ich werd's bringen und du nicht,
Diddli-diddli-du.
Denn du bist ein Hund und ich bin ein Mann,
Diddli-diddli-du.

Am Busbahnhof kaufte er sich eine Fahrkarte und spielte Videospiele, bis der Aufruf für seinen Bus kam. Mit wiegenden Schritten stieg er ein und sang dabei noch immer sein selbst erfundenes Lied. Als der Busfahrer in seiner Durchsage auf einen Anschlussbus von Donegal nach Derry hinwies, reckte der Junge erneut die Faust und sagte: «Briten raus, ich komme.»

Nach einer halben Stunde stiegen zwei Polizisten zu. Sie sagten dem Fahrer, dass sie einen jugendlichen Ausreißer suchten, einen Jungen mit dunklen Augen, der einen Fahrschein nach Nordirland habe. Er saß auf der letzten Bank und machte sich ganz klein, aber einer der Polizisten legte ihm die Hand auf die Schulter, beugte sich hinunter und sprach ihn mit seinem Namen an. Er begann zu weinen. «Deine Mutter ängstigt sich zu Tode», sagte der Polizist. Sie waren freundlich und führten ihn durch den Mittelgang, während die anderen Passagiere ihn anstarrten.

Als sie Galway hinter sich gelassen hatten und auf der Küstenstraße fuhren, fragte er die Polizisten, ob sie die Sirene einschalten könnten. Sie taten es, und er saß grinsend auf dem Rücksitz und passte auf, dass sie es nicht sahen.

Vierundzwanzigster Tag: 131,9 lbs   59,75 kg   110/65
Ins Gefängniskrankenhaus verlegt.

Sie blieb jetzt abends zu Hause und schrieb Lieder in ein Heft. Er hatte heimlich darin gelesen und gesehen, dass sie ein Herz gemalt und den Namen seines Vaters in verschnörkelten Buchstaben hineingeschrieben hatte, wie ein Schulmädchen.

In den meisten Liedern ging es um Liebe, und ihm fiel auf, dass sie oft das Wort «Meer» verwendete. Ein Meer von diesem und ein Meer von jenem. Spätnachts, wenn sie glaubte, dass er schlief, summte sie Melodien vor sich hin.

Er hatte ihr versprochen, dass er nie mehr davonlaufen würde, und so ging sie gegen Ende der Woche wieder in den Pub, um zu singen. Sie sagte ihm, es sei ihre einzige Einnahmequelle und sie müsse ihm vollkommen vertrauen können. Er schwor ihr noch einmal, dass er nie davonlaufen werde, ganz gleich, was passierte. Er suchte nach anderen Radiosendern, sang ein paar Stücke mit, langweilte sich und stellte sich vor, dass schöne Frauen an die Tür des Wohnwagens klopften. Er wichste, wischte das Zeug mit Papiertaschentüchern weg und versteckte sie so tief im Abfalleimer, dass seine Mutter sie nicht bemerken würde. Nach ein paar Tagen schlich er sich abends in die Stadt, stand neben dem Hinterausgang des Pubs auf grauen Bierkästen und sah ihr zu. Sie sang mit geschlossenen Augen, berührte mit den Lippen fast das Mikrophon und drückte die Gitarre an sich. Ihre Finger huschten über die Saiten, und ihr Fuß klopfte im Rhythmus auf den Boden. Das kleine Publikum schien unter einem Hut aus Zigarettenrauch zu sitzen, und der Junge versuchte, die Leute mit Willenskraft dazu zu bringen, länger und lauter zu klatschen und nicht Münzen, sondern Pfundnoten in das Trinkgeldglas zu legen.

Nach einem Song mit dem Titel *Carrickfergus* warf ein junger Mann ihr einen Kuss zu, und der Junge wäre am liebsten hineingegangen und hätte diesem Arschgesicht die Zähne eingetreten. Stattdessen drehte er sich um und knurrte den alten Schäferhund an, der hinter dem Pub angekettet war. Der Hund drückte die Schnauze auf den Boden, und als der Junge einen Stein nach ihm warf, erhob er sich misstrauisch und verdrießlich und ging so weit weg, wie die Kette es zuließ.

Siebenundzwanzigster Tag: 130,3 lbs 59,02 kg 100/60
Achtundzwanzigster Tag: 129,8 lbs 58,79 kg 115/68
Neunundzwanzigster Tag: 129,3 lbs 58,75 kg 110/59
    Heute Abend haben die Wichser genug Essen hingestellt, um eine ganze Armee satt zu kriegen.
Dreißigster Tag: 128,9 lbs 58,39 kg 105/65

Das Wetter besserte sich, und am Strand wurden Spiele gespielt. Ein seltsames Potpourri aus Badesachen und Bikinis. Zwei Frauen rafften ihre Röcke und wateten durch das flache Wasser. Lichtstrahlen ließen den Schaum der sich brechenden Wellen aufleuchten. Ein kleines Kind warf einen bunten Ball in die Luft. Aus den Lautsprechern des Eiswagens drang blecherne Musik. Die Badekappen der Schwimmer hüpften auf den Wellen, und weiter draußen schien ein Öltanker am Horizont festgenagelt.

Seine Mutter hatte ihm schwarze Shorts gekauft, aber die zog er nicht an, und nun klebte seine Hose an den Beinen. Er hätte sie zu gern ausgezogen, doch er stand mit großer Lässigkeit am Rand des Strandes, während er sich innerlich verfluchte. Er krempelte die Ärmel hoch und bemerkte die Grenze zwischen weißer Haut und Sonnenbrand.

Die Sonne stieg höher und ließ seinen Schatten kürzer werden. Wenn er sich in den Sand warf, würde sein Schatten dann stehen bleiben und ihm zusehen?

Am Strand sah er das blonde Mädchen. Es trug diesmal einen roten Badeanzug und hielt sich ein kleines Radio ans Ohr. Er saß eine halbe Stunde lang reglos im Sand und sah zu, dann ging er zum Wasser. Er war sich seiner Schuhe peinlich bewusst und zog sie schließlich aus, steckte die Socken hinein, band die Schuhe zusammen und hängte sie sich um den Hals. Beim Gehen quoll der Sand zwischen seinen Zehen hervor. Sie sah nicht ein einziges Mal zu ihm hin. Sie beschattete die Augen mit dem Unterarm, und er dachte, wenn er Geld hätte, würde er ihr eine Sonnenbrille kaufen. Er würde zu ihr gehen, ihr die Sonnenbrille in die Hand drücken und sich ganz selbstverständlich neben sie setzen. Sie würden dasitzen und sich schweigend bräunen lassen. Bald würden sie sich küssen.

Er trabte am Wasser entlang, sah sich kurz nach ihr um, stieg die Stufen am Hafendamm hinauf und ging im weiten Bogen wieder zurück. Er hätte gern versucht, seine Großmutter anzurufen, aber er kannte die Nummer nicht – die hatte seine Mutter immer gewählt.

Eine Bö trieb Abfall die Straße entlang, und der Junge kam an einer Gasse vorbei, in der die Jugendlichen ihren Klebstoff schnüffelten. Sie riefen ihm nach, und er beeilte sich wegzukommen und zeigte ihnen verstohlen den Finger.

«Ihr wollt es wissen, was?», flüsterte er.

Ihr wollt es wirklich wissen, was?

Na los, kommt doch.

Ich trete euch die Fresse ein.

Plötzlich stand er vor dem Haus des alten Paares. Es war ein weiß gestrichener Bungalow, und im Vorgarten blühten Rosen. Es wirkte alt, als wäre es zurückgesunken in ein anderes Jahrzehnt, mitgenommen vom jahrelangen Ansturm des Meeres. Die Fensterrahmen waren morsch. Einige Dachziegel fehlten. Als er das Tor berührte, wackelte es. Er zögerte, drückte auf die Klinke und machte wieder kehrt. Er ging zum Pier, lehnte sich an einen Poller und rauchte eine Zigarette. Dann nahm er seinen Mut zusammen und ging auf die Tür zu. Der alte Mann öffnete.

«Kann ich mir mal den Kajak leihen?»

«Wie bitte?»

«Wenn ich nah am Ufer bleibe?»

Der alte Mann lächelte und sagte: «Warte, bitte.»

Der Junge war überrascht, dass der Mann einen ausländischen Akzent hatte. Er wusste nicht, was für ein Akzent es war, und dachte einen Augenblick lang entsetzt, der Mann sei vielleicht Engländer, doch es klang nicht so. Engländer,

dachte er, reichten einem ihre Worte mit silbernen Zucker-
zangen. Sie sprachen, als würde jedes Wort mit Teegebäck
und Porzellantassen serviert, oder sie sprachen wie Soldaten und rollten die Worte – voller Drohung und Angst.
Dieser Akzent klang anders. Er klang nach Kies. Er klang,
als hätte der alte Mann Steine im Kehlkopf.

Der alte Mann trat mit einer Schwimmweste in der
Hand hinter dem Haus hervor und bedeutete dem Jungen
mit einem Wink, nach hinten zu kommen, wo der Kajak
an die Wand gelehnt stand. Der Junge wusste, dass er das
Boot hoch über dem Kopf tragen musste, und der alte
Mann nickte beifällig, als er sah, wie er die Paddel auf die
Schultern legte.

Vorsichtig schoben sie sich an den Rosen vorbei.

«Er ist leicht», sagte der Junge, obgleich das Boot viel
schwerer war, als er erwartet hatte.

Sie liefen zum Pier, und der alte Mann sah aus, als ginge
er Tagen entgegen, die längst vorüber waren.

Am Pier brauchten sie lange, um den Spritzschutz zu
befestigen, der verhindern sollte, dass Wasser ins Boot
schlug, und dann reichte der Mann ihm die Schwimmweste
und sagte, er solle sie anlegen.

Der Junge sah zu dem blonden Mädchen im Badeanzug
und spürte, dass er verlegen errötete.

«Ich brauche keine Schwimmweste.»

«Leg sie an.»

«Warum?»

Der alte Mann lächelte, und der Junge legte die Schwimmweste an.

«Ich kann schwimmen.»

«Ich hab dich aber nicht gefragt, ob du schwimmen
kannst.»

«Stimmt.»

Es war Flut, und darum brauchten sie das Boot nicht abzuseilen. Sie warfen es aufs Wasser, und der alte Mann kletterte ein paar Sprossen hinunter und stieg geschickt hinein. Er sagte, es sei gefährlich, das Boot vom Pier zu werfen. Es sei eigentlich seine Faulheit, die ihn dazu verleite – er habe keine Lust, das Boot den ganzen Weg bis zum Strand zu tragen. Mit Schrecken stellte der Junge fest, wie schwierig es war einzusteigen. Der alte Mann nahm seinen Arm und half ihm, dennoch war er sicher, dass er ins Wasser fallen würde. Er spürte den Schweiß in den Achselhöhlen und war plötzlich froh, dass er die Schwimmweste angelegt hatte. Als er die Hand ins Wasser streckte, fühlte es sich überraschend kalt an.

Der alte Mann fragte ihn, ob er bereit sei, aber bevor er antworten konnte, glitten sie schon übers Wasser.

Die Sonne beleuchtete das halbe Hafenbecken. Der Rest lag im Schatten einer Wolke.

Während sie in der Nähe des Piers umherpaddelten, redeten sie sehr wenig. Der Junge saß vorn und konnte das Gesicht des alten Mannes nicht sehen, und er fragte sich, ob er sich wohl langweilte. Das Boot erschien ihm zerbrechlich – es war, als säße er direkt auf der Wasseroberfläche, und die Nervosität ließ seine Hände zittern. Das Paddel war schwer zu bedienen, und der Junge glaubte, dass sie sogar hier, im ruhigen Wasser des Hafens, kentern würden. Sie waren weiter draußen als die Schwimmer, und er hatte das Gefühl, als würden alle Leute am Strand sie beobachten. Sein Kopf wurde leicht, und er musste gegen das Glücksgefühl ankämpfen. Der alte Mann erklärte ihm, wie er das Paddel führen, wie er es drehen musste, damit das Blatt seitlich durch die Luft schnitt. Er sagte, alle guten Dinge erforderten nur ein Minimum an Aufwand. Das Blatt durfte nie zu tief eingetaucht werden, denn dann musste man zu viel Kraft aufwenden. Und wenn man das Paddel aus dem Wasser hob, durfte es nur wenige Spritzer geben – es sollte aussehen, als sei das Meer kaum berührt worden.

«Kämpf nicht gegen das Wasser an», sagte der alte Mann. «Lass das Meer die Arbeit tun.»

Der Junge versuchte, den Akzent des Mannes einzuordnen, und war sich noch immer nicht sicher, doch nach einer Weile fiel ihm das Paddeln leichter, und er fragte den alten Mann, woher er sei.

«Litauen», sagte er.

«Litauen?»

«Weißt du, wo das ist?»

«Ja.»

Der Junge hatte keine Ahnung, wo Litauen lag, und als er das schließlich zugab, steuerten sie eine Boje an und hielten sich an ihr fest. Der Junge drehte sich halb um, während der alte Mann mit einem feuchten Finger den Umriss der UdSSR auf die Boje malte. Die Wärme ließ die Umrisse bald wieder verschwinden. Auf dem Handrücken des Mannes waren große Leberflecken, und der Junge dachte, dass er aus ihnen die Karte hätte machen können. Der Mann sagte, er sei früher Holzfäller in den Kiefernwäldern nahe der polnischen Grenze gewesen, habe seine Heimat aber schon vor über dreißig Jahren verlassen und seitdem in verschiedenen Ländern Europas gelebt, von Geld, das ihm ein Verwandter aus New York schicke.

Dem Jungen schwindelte angesichts der gewaltigen Entfernungen, die dieser Hafen enthielt.

An diesem Nachmittag lernte er, wie man das Paddel mit einer leichten Drehung eintauchte, um die größte Wirkung zu erzielen, und dass man den Kajak mit einer Bewegung aus dem Handgelenk steuern konnte. Seine Arme wurden müde, und seine Beine schmerzten, weil er sie die ganze Zeit anwinkeln musste. Als sie wieder am Pier angelangt waren, klopfte ihm der alte Mann auf die Schulter und sagte: «Das hast du gut gemacht. Komm morgen wieder. Dann lernst du noch mehr.»

Der Junge rannte nach Hause.

Seine Mutter wartete auf ihn, und am frühen Abend, nach dem Essen, erzählte sie ihm von seinem Onkel, von dem, was sie durch das Telefon am Pier erfahren hatte, und er stellte es sich vor: der Puls schwächer, die Füße kälter, der Geschmack des Wassers metallisch, Kopfschmerzen, Schwindelanfälle, und dann die brennende Qual, die schließlich in ihrer eigenen Stumpfheit versank, die Augen, die mit jedem Tag tiefer in den Höhlen lagen, der sinkende Blutdruck; über seinem Kopf ein Infusionsbeutel, Galle auf dem Kissen.

«Er zieht es bis zum Ende durch», sagte seine Mutter.

«Wird er sterben?»

«Er zieht es bis zum Ende durch», sagte sie noch einmal.

«Hat er noch den Husten?»

«Ja.»

«Und geben sie ihm Medizin?»

«Nein. In den Medikamenten ist Zucker oder Eiweiß oder so – er kann sie nicht nehmen.»

«Stellen sie ihm immer noch Essen ans Bett?»

«Ja.»

«Diese Wichser.»

Sie stutzte, als sie seinen Fluch hörte, und eine Antwort zuckte auf ihren Lippen, doch sie sagte nichts. Später kniete seine Mutter nieder.

«Wichser», sagte er noch einmal, bevor er zu Bett ging, und hörte von dort, wo sie kniete, ein ersticktes Schluchzen.

Der alte Mann erwartete ihn an der niedrigen Mauer vor dem Haus. Er verteilte Tabak gleichmäßig auf einem Zigarettenpapier und drehte sich eine Zigarette. Auf seinen Handrücken zeichneten sich die Knochen ab und wiesen wie die Rippen einer Kammmuschel auf seine Finger. Der alte Mann leckte die Gummierung des Papiers an und drehte die Zigarette langsam zu. Der Junge hatte die Kippen in der Tasche, die er aus dem Aschenbecher seiner Mutter genommen hatte, aber er wollte sich vor dem alten Mann keine anstecken. Neidisch sah er zu, wie die Zigarette knisternd Feuer fing. Aus der Nase des alten Mannes kamen zwei dünne Rauchstreifen, und der Junge beugte sich ein wenig vor, um den Geruch einzuatmen.

«*Einam*», sagte der alte Mann.

«Was?»

«Gehen wir.»

«Soll ich den Überzug festmachen?»

Der alte Mann lachte und sagte: «Schürze. Ich habe es dir gestern gesagt. Man nennt es Schürze.»

«Soll ich sie festmachen?»

«Ja.»

Der Junge sah sich um, zog die Schürze über den Kopf und hob den Kajak hoch.

Anstatt das Boot vom Pier zu Wasser zu lassen, gingen sie zum Strand, zogen Schuhe und Strümpfe aus und wateten in die Brandung. Es nieselte, und der Strand war leer. Der Junge setzte sich in den Kajak, und der alte Mann stand neben ihm, bis zu den Hüften im Wasser. Er erklärte dem

Jungen, was er tun musste, falls der Kajak einmal kentern sollte: das Paddel unter Wasser voll durchziehen und dabei den Oberkörper nach vorn abknicken, damit das Boot durchrollte und sich wieder aufrichtete. Bei einem Zweierboot sei das sehr schwierig, sagte er, aber es sei eine gute Übung. Sollte es ihm einmal nicht gelingen, so könne er immer noch die Schürze öffnen, sich an das Boot klammern und hoffen, dass die Flut ihn wieder an Land tragen werde.

Plötzlich kippte der alte Mann das Boot, und der Junge war unter Wasser. Er ruderte mit den Armen und versuchte, das Paddel einzusetzen, ohne Erfolg. Er riss an der Schürze, und einen Augenblick lang zappelte er unter Wasser, dann kam er schnaufend und spuckend an die Oberfläche. Der alte Mann beugte sich hinunter und packte den Jungen unter den Armen.

«Verdammte Scheiße.»

«Wie bitte?»

«Warum haben Sie das getan?»

«Steig wieder ins Boot.»

«Ich kann nicht. Verdammte Scheiße. Ich bin klatschnass.»

«Steig ein», sagte der alte Mann. «Ich halte das Boot.»

«Verdammte Scheiße.»

Er hustete und spuckte Meerwasser aus und übertrieb sein Zittern.

«Steig ein», sagte der alte Mann, hob geduldig das Boot hoch und leerte den größten Teil des Wassers aus. Er tat das ganz mühelos, und dann hielt er das Boot, und der Junge stieg ein. Er musste sein Bein weit hochheben und fühlte sich dumm und verletzlich. Seine Hose war tropfnass und schwer. Der alte Mann legte die Hand unter seinen Hintern, und er zuckte vor der Berührung zurück. Als er schließlich im Boot saß, waren seine Füße in dem Wasser, das noch darin schwappte.

«Mir ist scheißkalt.»

Der alte Mann sagte nichts.

«Das ist blöd.»

Es dauerte eine Ewigkeit, die Schürze wieder zu befestigen, und kaum war er fertig, da kippte der alte Mann das Boot abermals.

Der Junge versuchte nicht einmal, den Kajak mit Hilfe des Paddels aufzurichten. Er riss die Schürze ab und kam prustend an die Oberfläche. Er starrte den alten Mann an, schob das Boot weg und warf das Paddel hinterher. Als er die Schürze ausziehen wollte, begann der alte Mann plötzlich zu lachen. Der Junge sah ihn an. Der alte Mann legte den Kopf in den Nacken; er hatte den Mund aufgerissen und die Augen geschlossen.

«Worüber lachen Sie?»

«Ich lache, weil es komisch ist.»

«Ich möchte Sie mal sehen, wenn Sie klatschnass sind.»

«Möchtest du das?»

«Ja.»

«Wirklich?»

«Ja, wirklich.»

Der alte Mann ließ sich rücklings ins Wasser fallen und tauchte unter. Nur seine Mütze schwamm auf der Wasseroberfläche. Der Junge griff danach und reichte sie ihm, als er wieder auftauchte. Beide begannen, leise zu lachen, und der Junge dachte, dass sie wahrscheinlich einen seltsamen Anblick boten, er und der alte Mann: im seichten Wasser, tropfnass, lachend.

Nach einer Weile stemmte der alte Mann die Arme in die Seiten, atmete tief durch und schüttelte den Kopf. Dann

legte er dem Jungen die Hand auf die Schulter, schnaufte
noch einmal und sagte: «Steig wieder ein.»

«Na gut.»

«Und diesmal», sagte er, «setz das Paddel richtig ein.»

«Okay.»

«Und bitte keine schmutzigen Wörter.»

Jeden Tag fuhren sie mit dem Boot, während sein Onkel
immer schwächer wurde. Die Stadt wirkte klein vom Wasser aus, eingebettet zwischen die beiden Landzungen, vom
Strand gesäumt. In der Ferne verbogen die Berge die asphal-
tierten Straßen nach Belieben. Der Himmel über den Bergen war azurblau, kühl und heiter. Die ganze Szenerie hätte
von einer Postkarte stammen können.

Der alte Mann und er blieben im Hafen, fuhren von Boje
zu Boje und legten manchmal an größeren Booten an. Er
lernte, den Kajak zu steuern, Kreise und Achten zu fahren,
und ein- oder zweimal ließen sie sich von den Wellen an
den Strand tragen.

Vögel kreisten über ihnen, und manchmal tat der alte
Mann, als redete er mit ihnen, und gab seltsame Krächzer
und Schreie von sich, die den Jungen zum Lachen brachten.

Um die Mittagszeit kam die alte Frau an den Pier, um
ihnen zuzusehen, und brachte ihnen Brote und Milch. Sie
aßen sie auf dem Pier und ließen die Beine baumeln. Er
erfuhr, dass sie Vytis und Rasa hießen. Wenn die beiden
alten Leute sich unterhielten, sprachen sie meist litauisch,
aber das machte dem Jungen nichts aus, denn er kam sich
ohnehin vor, als wäre er in einem fremden Land, und nach
einer Weile erkannte er bestimmte, immer wiederkehrende
Wörter – *berniukas, duoshele, miela, pietus* –, auch wenn er

nicht genau wusste, was sie bedeuteten. Nach der Mittagspause fuhren sie noch etwa eine Stunde mit dem Boot. Der alte Mann trug keine Uhr, sagte aber, er könne die Uhrzeit anhand des Glockenschlags der Kirchen bestimmen, und manchmal sagte er ihn sogar voraus.

Er sagte, er sei gern früh zu Hause und das Schönste im Leben sei ein Nickerchen am Nachmittag – das sei für ihn die beste Zeit des Tages. Er genieße es, die Vorhänge zuzuziehen und in seltsamen Träumen zu versinken.

Während die beiden alten Leute schliefen, spritzte der Junge den Kajak mit einem Schlauch ab und ging dann zurück zum Wohnwagen. Unterwegs sah er in verschiedene Papierkörbe, in der Hoffnung, eine Zeitung zu finden, weil er das Horoskop lesen wollte. Eines Nachmittags kam er zu dem Schluss, dass sein Onkel Skorpion sein musste, denn in der Zeitung stand, dass im Augenblick große Schwierigkeiten zu bewältigen seien, doch weil demnächst ein bestimmter Planet in eine andere Sphäre übergehe, werde sich alles plötzlich klären.

Seine Mutter freute sich über seine Kajakausflüge und sagte, wenn er sie fortsetze, werde sie sein Taschengeld erhöhen, sodass er sich eines Tages seinen eigenen Kajak werde kaufen können. Er nahm das Geld, lief sofort wieder in die Stadt und gab alles im Spielsalon aus.

Am vierten Morgen verließen der alte Mann und er den Hafen, durchquerten vorsichtig den Zusammenfluss der beiden Strömungen und fuhren hinaus in den sich ständig bewegenden Kordstoff aus kleinen Wellen.

Der Junge sah aufgeregt, wie groß die Entfernung zwischen ihm und der Stadt war. Auch er schrie den Möwen über ihnen zu. Weit draußen schien der Horizont gewaltig und platt gedrückt von einem blassblauen Himmel. Sie paddelten eine Stunde lang, die Stadt im Rücken. Das Meer blieb bemerkenswert ruhig.

Als sie sich treiben ließen, drehte sich der Junge halb um. «Ich will Ihnen was sagen», begann er. «Sehen Sie diese schwarze Armbinde hier?»

«Ja?»

Er stotterte und merkte, dass seine Kehle ausgetrocknet war. Schließlich erzählte er dem alten Mann von seinem Onkel, und dann paddelten sie eine Stunde lang weiter, ohne ein Wort zu sagen.

Er hatte das Gefühl, als wäre der Hafen mit Bedeutungen beladen, als wollte jede Welle etwas mitteilen, und als das Schweigen immer lastender wurde, dachte er, der Litauer würde etwas Weises sagen, aber als sie den Kajak auf den Pier zusteuerten, räusperte sich der alte Mann nur, senkte die Stimme und sagte, es tue ihm Leid, es sei eine traurige Geschichte, auch er sei als Junge traurig gewesen, aus Gründen, die keine Rolle mehr spielten, und seine Freude entspringe jetzt einfachen Dingen, für die keine Erinnerung nötig sei.

Fünfunddreißigster Tag:	126,4 lbs	57,25 kg	105/55
Sechsunddreißigster Tag:	125,9 lbs	57,03 kg	107/52

Bei der Messe war er überrascht, dass einige ältere Leute seine Mutter noch aus der Zeit kannten, als sie ein Mädchen gewesen war. Sie lächelten und behaupteten, sie sehe aus wie ein Teenager, und das war ihm so peinlich, dass er erschauerte. Er zog eine Grenze zwischen sich und ihnen, indem er das Gesangbuch neben sich auf die Bank legte. Seine Mutter hatte ihm gesagt, er solle ein sauberes blaues Hemd mit Button-Down-Kragen anziehen, aber er ließ mit

Absicht einen Zipfel aus der Hose hängen. Während der Predigt versuchte sie, den Hemdzipfel wieder in die Hose zu stecken, doch er schob ihre Hand beiseite, und sie lächelte nur.

Die Kirche war neu und steril und hatte hohe Fenster.

Als sie zum Abendmahl gingen, blieb er ein paar Schritte hinter ihr. Zum ersten Mal hörte er deutlich die Worte: «Dies ist der Leib Christi.» Er fragte sich, ob die Hungerstreikenden, die bereits gestorben waren, die Letzte Ölung erhalten hatten, und wenn ja, ob sie auch diese Oblaten bekommen hatten. Die Frage quälte ihn, und er stellte sich vor, wie ausgemergelte Männer mit weißen Talern auf den Zungen im Gefängniskrankenhaus umhergingen und sich fragten, ob sie sie hinunterschlucken sollten oder nicht. Das Gewicht der Oblaten drückte auf ihre Zungen, sodass sie Gott nicht fragen konnten. Ihre Augen füllten sich mit Tränen. Langsam lösten sich die Oblaten in der Spucke auf, und der Hungerstreik war gebrochen. Ein Gefängnisarzt kam und freute sich. Die Männer sanken auf die Knie und starben trotzdem an Auszehrung.

Seine Mutter stieß ihn in die Rippen, und er sah auf und merkte, dass die Messe vorüber war.

Draußen schüttelte der Pfarrer allen die Hände. Der Junge wartete in einiger Entfernung auf einer Steinmauer, während sich seine Mutter einen Weg durch die Menge bahnte. Er bemerkte, dass die Hand des Pfarrers den Ellbogen seiner Mutter streifte, und sagte laut: «Du geiler Bock.»

Ein Mann mit einem langen, sonnenverbrannten Gesicht nahm sie in seinem Auto mit. Die Frage, ob sie vorhätten, zum Ponyrennen zu gehen, verneinte seine Mutter mit einer Entschiedenheit, die ihn freute.

Im Zeitungsladen kauften sie die Sonntagszeitungen, zwei Laibe Brot und vier Sahne-Eclairs. Als sie aus dem Laden traten, kamen die beiden alten Leute herein. Sie sahen aus, als hätten sie im Garten gearbeitet.

Die alte Frau zwinkerte ihm zu, und der Mann tätschelte seinen Kopf, und der Junge konnte das zarte Gewicht seiner Hand noch spüren, als sie die Straße hinuntergingen.

«Das war mein Freund», sagte er zu seiner Mutter.

«Ach, das war er? Er ist nicht gerade das blühende Leben», sagte sie und lachte leise.

«Was soll das denn heißen?»

«Nur ein kleiner Scherz.»

«Was soll das heißen?»

«Es war nur ein Witz, Schatz.»

«Du doch auch nicht. Du riechst schlimmer als er.»

«Hör zu, Schatz – das war bloß ein kleiner Witz. Reg dich nicht auf.»

Er verzog das Gesicht, schlurfte hinter ihr her und versuchte, an seinen Achselhöhlen zu riechen. Die Schachfiguren fielen ihm wieder ein, und er dachte: Scheiß auf die Königin, ich bin ein Springer.

Im Wohnwagen breiteten sie die Sonntagszeitungen auf dem Tisch aus. Es waren zwei jahrealte Fotos von seinem Onkel darin. Er strich mit den Fingern über das Gesicht, dann schnitt er die Bilder sehr sorgfältig aus, steckte eines in die Hemdtasche und befestigte das andere mit Klebestreifen über seinem Bett. Später, als er mit seiner Mutter Schach spielte – sie benutzten die hölzernen Figuren –, klopfte er auf das Foto in seiner Tasche, und es fühlte sich an, als tasteten seine Finger über die Rippen seines Onkels. Sie traten bereits so hervor wie die eines abgemagerten Pferdes und machten Geräusche wie ein Musikinstrument. Als er die Hand tiefer in die Tasche schob, spürte er, wie das Wasser im Bauch seines Onkels hin und her schwappte.

Auf dem Friedhof, nach dem Kajakfahren, entdeckte er abermals ein Glas auf dem Grabstein des Jungen, der in seinem Alter gewesen war. Diesmal waren keine Lippenstiftspuren daran, nur Bierringe, die anzeigten, wie viele Schlucke auf einmal getrunken worden waren. Er nahm es mit nach Hause, und seine Mutter spülte es versehentlich aus und benutzte es als Vase, die sie ordentlich in die Mitte zwischen Salz- und Pfefferstreuer auf den Tisch stellte. Die Blumen nickten jedes Mal, wenn die Tür des Wohnwagens geöffnet wurde. Nach einer Weile gefiel ihm der Gedanke, dass das Glas benutzt wurde, und er fragte sich, ob er am Ende des Sommers eine kleine Sammlung haben würde. Einer ihrer Nachbarn in der Wohnanlage sammelte Gummigeschosse und bestimmte anhand der Kerben, was sie getroffen hatten – welche Mauer, welchen Wagen, welches Lagerhaus, welchen Körper. Je kürzer die Flugbahn gewesen war, desto tiefer waren die Kerben. Es war eine einfache Logik – der Junge konnte sie auf die Ringe übertragen, die das Bier auf der Innenseite des Glases hinterlassen hatte.

Achtunddreißigster Tag:	123,8 lbs	56,08 kg
Neununddreißigster Tag:	123,4 lbs	55,9 kg
Vierzigster Tag:	124 lbs	56,17 kg
So lange hat Jesus gefastet.		
Einundvierzigster Tag:	123,6 lbs	55,99 kg

Wenn er sich im Spiegel betrachtete, fand er sich jetzt älter. Er entdeckte ein Haar auf seiner Brust, und am nächsten Morgen ging er mit einer gewissen Verwegenheit und ehrgeizig aufgeknöpftem Hemd in die Stadt.

Am Ende des Piers warf er den Frauen, die die knappsten Bikinis trugen, Küsse zu. Sie winkten ihm und luden ihn in ihre Schlafzimmer ein, wo sie endlos vögelten. Manchmal trieb er es mit zweien oder dreien auf einmal – ihnen gefiel seine Art zu reden, und sie sagten ihm, er habe den größten Schwanz, den sie je gesehen hätten. Er tänzelte lachend und jubelnd die Straße am Strand entlang und hörte sie rufen, sein Schwanz sei so groß, so gewaltig, und ihre Männer könnten so etwas nicht einmal dann zustande bringen, wenn sie alle ihre Schwänze zusammenbinden würden. Als der alte Mann aus dem Haus kam und ihn fragte, warum er denn so herumschreie, erbleichte er und stotterte, es sei nichts Wichtiges – er habe nur den Fischerbooten zugerufen, und der alte Mann sagte, das sei kein schlechter Zeitvertreib. Als er weit genug vom Haus entfernt war, lachte der Junge wieder, und die Frauen riefen und winkten von allen Seiten.

Eines späten Abends erwischte sie ihn, als er auf der Friedhofsmauer saß und sich Rauch über seinem Kopf kräuselte. Sie sah in ihre Handtasche und sagte ihm, er solle keine Zigaretten mehr stehlen. Er sagte, er werde es nicht mehr tun, aber das war gelogen.

«Dein Daddy hat nie geraucht», sagte sie.

Sie saßen auf der Klippe, unter einem tintigen Himmel, und der Junge war überrascht, als er sah, dass sie weinte, auch wenn sie sagte, es sei nur der Wind, der ihre Augen reize. Sie erinnerte sich an die Zeit, bevor sie und sein

Vater geheiratet hatten. Das war in den Sechzigern gewesen, und sein Vater und sie waren an den Wochenenden aus dem Norden gekommen und hatten in einer verlassenen Holzhütte am Meer kampiert, nicht weit von hier. Nachts hatten sie in der alten Hütte geschmust. Sie sagte es mit einem Augenzwinkern, und der Junge lachte. «Geschmust», sagte sie noch einmal. Schmusen. Seine Mutter war jetzt aufgestanden – die Erinnerung erfüllte sie mit Leben. In jener Stadt, sagte sie, habe es Fischer gegeben und die Vögel seien gekommen und hätten die Innereien der Fische aufgepickt, die in der Nähe der Boote herumgelegen hätten. Dann seien die Vögel zu der verlassenen Hütte geflogen, und manchmal hätten sie ein Stück der Innereien auf das Dach fallen lassen, das morsch wurde und durchhing. Einmal fiel ein Balken herunter. In jenen Sommern war die Luft süß und mild, und als der Herbst kam, flogen Blätter herein und deckten sie zu. Sie blieben in der Hütte und schmusten, seine Mutter und sein Vater.

Vor seinem inneren Auge tauchte das Gesicht seines Vaters auf: langes, dünnes, schütteres Haar, dunkle Augen, eine schroffe Nase. Er hatte das Gefühl, als könnte er die Hand ausstrecken und es berühren.

Sie lachte jetzt und erschien ihm mit einem Mal sehr jung, aber dann erwähnte er seinen Onkel, und sogleich fühlten sie sich schuldig, weil sie gelacht hatten.

«Erzähl mir von ihm», sagte er.

«Ich hab ihn nicht wirklich gekannt.»

«Hat Daddy ihn gemocht?»

«Ja, als sie jung waren. Sie haben zusammen auf der Farm gearbeitet. Sie haben schöne Zeiten erlebt. Sie haben das Heu geerntet und die Kühe gemolken und Mauern ausgebessert, wenn es nötig war.» Sie hielt inne. «Als sie älter wurden, haben sie sich oft gestritten.»

«Worüber?»

«Dein Vater hat nie geglaubt, dass man Krieg mit Krieg bekämpfen kann.»

«Siehst du?», sagte der Junge. «Sogar du sagst, dass es ein Krieg ist.»

Sie wickelte eine Haarsträhne um ihren Finger. «Es ist ein Krieg. Ja, es ist ein Krieg», sagte sie traurig.

«Dann sollten sie bekommen, was sie wollen.»

«Ja, vielleicht.»

«Ganz einfach.»

«Nichts ist einfach, Schatz», sagte sie.

«Hasst du ihn?»

«Natürlich hasse ich ihn nicht. Er ist mein Schwager.»

«Ich weiß, dass du ihn hasst. Ich merke es doch. Du hasst ihn. Ich weiß es.»

«Ach, Schatz.»

«Es war eine abgekartete Sache.»

«Ach, komm, lass uns jetzt nicht –»

«Achtzehn Jahre für Sprengstoff, den er nie benutzt hat», sagte der Junge.

«Das war vielleicht nicht alles, was er getan hat.»

«Aber das war der Anklagepunkt. Sprengstoff.»

«Das stimmt, aber man weiß nie –»

«Aber ich weiß es. Es war eine abgekartete Sache.»

«Ich finde das genauso schlimm wie du. Aber andere sterben auch. Unschuldige.»

«Er hat nicht mal eine richtige Verhandlung gekriegt.»

«Die anderen, die gestorben sind, auch nicht», sagte sie.

Der Junge dachte darüber nach und sagte dann: «Warum können wir nicht nach Hause fahren?»

«Ich dachte, es gefällt dir jetzt hier. Das Kajakfahren und so. Ich dachte, du hast dich langsam ein bisschen eingewöhnt.»

Die Wellen donnerten an die Felsen unter ihnen, und der Junge pflückte einen Grashalm und steckte ihn zwischen die Zähne. Als er aufsah, schoss eine Sternschnuppe über den Himmel.

«Warum können wir nicht nach Hause fahren?», fragte er noch einmal.

Sie seufzte. «Ich will nicht da sein und es mit ansehen.»

«Aber ich.»

«Ich will aber nicht, dass du es siehst, Schatz.»

«Ich bin kein Kind mehr.»

Sie saßen schweigend da, bis er sie fragte, ob sein Vater jemals etwas Schlimmes getan habe, und sie sagte: «Nein, nie», und an der Art, wie sie es sagte, erkannte er, dass das die Wahrheit war.

Eine bestimmte Erinnerung an seinen Vater wurde in ihm wach: Der Junge war erst fünf. Ein paar Altwarenhändler kamen zu der Wohnanlage und wollten einen Kühlschrank verkaufen. Sein Vater war gerade arbeitslos, sie hatten wenig Geld und keinen Kühlschrank. Die Milch wurde sauer, und die Essensreste verschimmelten. Seine Eltern hatten oft davon gesprochen, dass sie einen Kühlschrank kaufen wollten, und dieser hier war praktisch geschenkt – nur zwanzig Pfund. Der Junge freute sich auf die kalte Milch.

Sein Vater ging hinaus, um sich den Kühlschrank anzusehen, aber als er die Brandspuren an der Seitenverkleidung bemerkte, machte er auf dem Absatz kehrt, sagte: «Nein», und knallte den Männern die Tür vor der Nase zu.

«Bombenschaden», sagte sein Vater zu seiner Mutter.

Vierundvierzigster Tag: 122,4 lbs   55,44 kg   105/60
Fünfundvi...

«Es ist vorbei», rief sie und kam den Hügel hinaufgerannt, «es ist vorbei, es ist vorbei, es ist vorbei.» Er warf das Notizbuch in die Luft und stürzte aus dem Wohnwagen. Sie reckte die Faust. Ihre Wangen waren gerötet. Er umarmte sie, und sie schwenkte ihn im Kreis herum, bis sie beide zu Boden fielen und die Schuhe von sich schleuderten, dass sie durch die Luft wirbelten. Außer Atem lagen sie im hohen Gras. Sie sagte, die Gefangenen hätten eine Erklärung abgegeben, man sei sich einig, es seien nur noch einige Formalitäten zu klären. Sie sprang auf und tanzte auf der orangefarbenen Gasflasche am hinteren Ende des Wohnwagens. «Ich wusste, es würde irgendwann ein Ende haben», rief sie. «Gott sei gedankt!»

Er nahm ihre Hand, und sie sprang von der Gasflasche, und dann rannten sie durch das Gras zur Klippe, wo sie so außer Atem war, dass sie schwor, sie werde das Rauchen aufgeben. Sie tanzten über dem Meer, sie wirbelten herum und drehten sich. Später kochte sie ihnen ein riesiges Abendessen aus Würsten, Speck, Tomaten, Eiern und gebratenem Brot, und zum Nachtisch gab es Eiscreme in roter Limonade. Vom Eis bekam sie einen weißen Schnurrbart – er zeigte es ihr im Spiegel, und sie kicherte ausgelassen. Sie machte eine Flasche Wein auf und gab ihm sogar den letzten Zug von ihrer letzten Zigarette. Er tat, als würde ihm davon schwindlig, und taumelte im Wohnwagen umher. «Achtung», rief er lachend. «Achtung!»

Sie stellten das Radio sehr laut, gingen hinaus, hakten sich unter und tanzten, und einen Augenblick lang schien alles vollkommen zu sein.

Später in der Nacht – nachdem im Radio ein erneuter Abbruch der Gespräche gemeldet worden war – öffnete er den Reißverschluss seines Schlafsacks, holte das Radio unter dem Kopfkissen hervor und rutschte zum Fußende des Betts, wobei er Acht gab, dass sein Schwanz nicht durch den Schlitz in der Pyjamahose zu sehen war. Er zog das weiße Hemd seines Vaters an und darüber einen Troyer, damit er nicht fror.

Er füllte eine Kasserolle mit Wasser, nahm einen Laib Brot von dem Brett über dem Herd und setzte sich an den Tisch. Langsam riss er die Rinden von den Brotscheiben und legte sie so auf den Tisch, dass sie wie ein Zaun aussahen. Das Radio stellte er in die Mitte. Seine Mutter lag in ihrem Bett am anderen Ende des Wohnwagens und sah ihm zu. Ihre Augen waren rot und verweint.

Das einzige Licht kam vom Mond, der zum oberen Ende des Fensters gewandert war.

Er weichte das Brot ein und brachte es in eine zylindrische Form. Er knetete es sanft mit den Fingern und drückte fester zu, wo der Hals sein sollte. Der Teig gab bereitwillig nach. Er schien sich den Eingebungen seiner Hände zu fügen.

Er legte den Zylinder auf die ausgestreckten Finger und kerbte ihn an einem Ende ringsum mit dem Messer ein. Die Klinge grub sich in den weichen Teig. Dann glättete er den Boden des Zylinders, sodass er auf der Resopalplatte stehen konnte. Er beugte sich hinunter, auf Augenhöhe mit der Figur, und gab ihr eine Krone und zwei Augen, die ihn anschielten. Schließlich verstrich er die Fingerabdrücke und nahm einen Kugelschreiber, um die Augen auszufüllen, aber der Teig nahm die Tinte nicht an. Er dachte einen Augenblick nach, ging zum Schrank und fand eine Blechbüchse mit Kakao. Mit etwas Wasser rührte er eine Paste an.

Er tauchte eine Zinke einer Gabel in die Paste und tupfte eine winzige Menge in die Augenhöhle der Figur. Die braune Farbe sickerte in den Teig. Er fand, dass die Figur aussah, als hätte sie bei einer Schlägerei eins aufs Auge gekriegt.

«Was ist das?»

«Das ist die Königin.»

Sie setzte sich in ihrem Schlafsack auf. «Sie sieht ganz echt aus.»

Er legte die Figur auf seine Hand und ließ sie über die Finger rollen. Er hatte eine Stunde dafür gebraucht, und sie war wunderbar detailgetreu. Am besten gefiel ihm der eingekerbte Fuß. Der Junge saß am Tisch und dachte an seinen Onkel und fragte sich, ob er dabei war, Selbstmord zu begehen; und ob das eine Todsünde war. Aber es war doch bestimmt auch eine Todsünde, einen Menschen einfach sterben zu lassen, oder nicht? Ihm war schwindlig, und seine Kehle war ausgetrocknet. Er ließ die Schachfigur weiter von einem Finger zum anderen rollen. Leise verfluchte er die Dummheit seines Onkels und wünschte sich, dass er schleunigst etwas aß, und dann hasste er sich dafür, dass er solche Gedanken hatte.

Seine Mutter sah ihm noch immer aufmerksam zu, und so stach er der Königin mit der Gabelzinke die Augen aus und begann, die Krone zu zerstören. Dann hob er die Figur hoch in die Luft, leckte sich die Lippen und aß sie mit großer Gebärde und einer Art demonstrativer Wildheit auf.

«Das mache ich mit der Königin», sagte er.

Er kaute und starrte seine Mutter an. Dann pulte er das Brot zwischen den Zähnen hervor. Es war durchgeweicht und schmeckte grässlich. Seine Mutter stützte den Kopf auf eine Hand, sodass ihr Hals abgeknickt war.

«Sei nicht so wütend. Bitte», sagte sie.

Er ging zum Abfalleimer und spuckte den Rest des Brotes aus. «Ich bin so wütend, wie ich will. Es ist schließlich mein Leben.»

«Bitte nicht.»

«Sie lassen ihn sterben.»

«Vielleicht will er es so, Schatz.»

«Das ist dasselbe.»

«Komm her und leg dich schlafen.»

«Ich will aber nicht schlafen.»

«Dann holt dich der schwarze Mann.»

«Mama», sagte er, «ich bin dreizehn. Der schwarze Mann! Mein Gott!»

Sie fummelte an dem Reißverschluss ihres Schlafsacks herum, legte den Kopf auf das Kissen und sah zu, wie er die Hand auf den Tisch legte und die Messerspitze zwischen den gespreizten Fingern auf die Tischplatte stieß. Es machte ein helles Geräusch auf dem Resopal.

«Mach den Tisch nicht kaputt.»

«Nein.»

«Leg bitte das Messer weg.»

Er klappte die Klinge ein.

«Scheißkönigin!», schrie er plötzlich und erschrak selbst über den Fluch. «Scheiß-Maggie-Thatcher! Ich scheiß auf sie! Verdammte Fotzen! Verdammte Wichser! Ich scheiß auf jeden verdammten Soldaten, den es je gegeben hat!»

Es trat eine Stille ein, wie er sie noch nie gehört hatte.

Seine Mutter saß aufrecht im Bett, schlüpfte aus dem Schlafsack und ging zum anderen Ende des Wohnwagens. Sie sah ihn nicht an, sondern ging zu ihrem Bett und kniete nieder. In ihren Kniekehlen waren Falten. Sie beugte den Kopf.

«Unser täglich Brot gib uns heute», sagte er giftig.

«Geh ins Bett. Wir sprechen uns morgen. Und du bleibst für eine Weile hier – keine Ausflüge, kein Kajak, nichts.»

Er rührte sich nicht. Sie beendete ihr Gebet und stieg in der gewaltigen, aufmerksamen Stille in ihr Bett. Er flüsterte noch einmal: «Scheißkönigin!» – laut genug, dass sie es hören konnte, aber sie hatte den Kopf abgewendet. Er hörte, wie sie in das Kopfteil des Schlafsacks schluchzte, und sagte laut, es tue ihm Leid, aber sie drehte sich nicht um.

Nach einer halben Stunde sagte er noch einmal: «Es tut mir Leid, Mama», aber sie war eingeschlafen.

Er begann, ein zweites Stück Brot durchzukneten, und die Stunden glitten dahin, und am Morgen hatte er einen Satz Schachfiguren – weiße und kakaobraune. Es fehlten nur zwei.

Nach drei Tagen durfte er wieder hinaus, und er rannte hinunter zum Haus, aber es war nichts von ihnen zu sehen, und so schlich er zu einem Seitenfenster. Der alte Mann schlief gerade. Seine Frau saß vor einem Spiegel. Der Junge konnte das Spiegelbild sehen. Das Glas hatte braune Flecken, und sie verschob den Kopf nach links und rechts, um an ihnen vorbeizusehen. Zwischen ihren Halssehnen war eine tiefe Höhlung. Ihre Haut war wie verrostet, und ihre Augen waren erstaunlich grün. Sie zog das Hauskleid aus, und der Junge duckte sich, und als er wieder hochkam, hatte sie schon ihr Nachthemd an. Sie stieg ins Bett, beugte sich über den alten Mann und nahm ein Buch, und für einen Augenblick verschmolzen ihre beiden Körper zu einem.

Der Junge kehrte dem Haus den Rücken und spuckte auf eine Stelle, wo Sonnenlicht an Schatten stieß.

Der Wind wehte vom Meer, und es war, als suchte er nach jemandem. Es war der einundfünfzigste Tag, und er hatte gehört, dass der Zustand eines weiteren Hungerstreikenden kritisch war und dass sein Onkel im Gefängniskrankenhaus seinen Blick nur noch mit Mühe halten konnte und er alles verschwommen sah. Ein Wärter hatte ihm höhnisch ein Fernglas angeboten. Es kursierten Witze über ganz schmale Särge. Sein Onkel war jetzt auf ein Schaffell gebettet, weil seine Haut immer empfindlicher wurde, und man hatte ihm ein Wasserbett gegeben, damit er sich nicht wund lag. Der Junge stellte sich vor, wie er aussah: die eingefallene Brust, die abgemagerten Arme, die Hüftknochen, die sich unter dem Schlafanzug abzeichneten. Er konnte nicht mehr gehen und wurde von Krankenpflegern im Rollstuhl herumgefahren. Obwohl sie Protestanten waren, brachten sie ihm manchmal Tabak mit, der aber seinen Husten nur verschlimmerte. Er durfte täglich eine Stunde lang im Hof des Gefängniskrankenhauses sitzen und hüllte sich trotz des warmen Wetters in ein halbes Dutzend Decken. Er schloss mit den anderen im Krankenhaus Wetten ab, wann bestimmte Krähen sich vom Stacheldraht auf der Mauer erheben würden. Er hatte eine Erklärung hinausschmuggeln lassen, in der es hieß, er habe keine Angst vor dem Tod, denn die Sache sei es wert, sein Leben dafür hinzugeben.

Der Junge dachte allmählich, dass der Tod etwas war, das nur die Lebenden mit sich herumtrugen. Dann fiel ihm ein Gedicht aus der Schule ein: «Und ist Tod tot, hat Sterben aufgehört.» Die Zeile rollte in seinem Mund herum, als er durch die Stadt schlurfte.

Das Kajakfahren lenkte ihn ab. Von draußen auf dem Meer sah die Welt anders aus. In der Wiederholung lag Ruhe. Er spürte, dass seine Arme kräftiger und das kleine

Muskelgeflecht an seinem Hals härter wurden. Sein Rücken fühlte sich straff und stark an. Selbst seine Beine begehrten nicht mehr gegen die Anstrengung auf. Er maß den Umfang seines Bizeps mit der schwarzen Armbinde.

Der alte Litauer ließ ihn auch mal hinten sitzen, wo die meisten Bewegungen des Bootes gesteuert wurden, und machte absichtlich Fehler, damit der Junge sie korrigieren konnte. Das Boot trieb nach rechts ab, und er steuerte mehr nach links. Der alte Mann beugte sich zur Seite, damit der Junge lernte, wie man den Kajak mit dem Paddel am Kentern hinderte. Draußen vor dem Hafen gerieten sie in eine Reihe seitlicher Wellen von einem vorbeifahrenden Motorboot und glitten einen Augenblick lang auf einer niedrigen Welle dahin, bis sie von einer anderen getroffen wurden und es schien, als würden sie kentern, doch der Junge drehte geschickt den Bug, und der alte Mann nickte beifällig.

Der Junge spürte, dass er und der alte Mann denselben Rhythmus hatten, dass es eine unsichtbare Achse gab, die sie miteinander verband und die Bewegungen ihrer Arme synchronisierte, dass sie Teile einer Maschine waren und sich gemeinsam von allen anderen Maschinen unterschieden. Er dachte an Zahnräder im Werk des Meeres, die geräuschlos und im genau richtigen Augenblick ineinander griffen. Sie arbeiteten im Gleichklang, und ihre Paddel stießen nicht in der Luft zusammen, und dem Jungen schoss der Gedanke durch den Kopf, dass die Luft zwischen ihnen mit Geheimnissen aufgeladen war.

Weit draußen kehrten sie um, fanden Schutz in einer Bucht, in der Seehunde auf Felsen lagen und bellten, und ließen sich treiben. Das Wasser klatschte an das Boot, und am Ufer bellten die Seehunde.

Der alte Mann rauchte eine Zigarette, und als er sie weg-warf, fischte der Junge die Kippe heimlich aus dem Wasser und steckte sie in die Tasche, um sie später zu trocknen. Er ließ sein Paddel treiben, verschränkte die Hände hinter dem Kopf und überlegte laut, wie viel Kraft man wohl brauchte, um einen Seehund zu erschlagen.

«Es gibt nicht viel, das es wert wäre, dafür zu sterben», sagte der alte Mann.

«Was?»

«Besonders, wenn man ein Seehund ist», sagte er und lachte.

Aber der Junge dachte, dass er von etwas anderem als Seehunden gesprochen hatte, und wurde mit einem Mal wütend. «Warum sind Sie überhaupt hierher gekommen?», fragte er erbittert.

«Ich denke über diese Dinge eigentlich nicht mehr nach.»

«Warum nicht?»

«Weil es leichter ist.»

«Ich würde gern mal einen Seehund erschlagen», sagte der Junge.

Die Sonne schien in einem harten Gelb herab, und am Ufer tanzten Lichtflecke. Das Paddel des Jungen stieß ins Wasser und schob das Boot voran. Der alte Mann nahm seine Wut hin, beugte sich ebenfalls vor und paddelte aus der Bucht. Sie hatten Rückenwind und kamen rasch voran. Bald fuhren sie parallel zur Landzunge und bogen gewandt in den Hafen ein. Weder der Junge noch der Mann sagten ein Wort.

Als sie am Pier anlegten, spuckte der Junge aus, legte den Finger an die Nase und schnaubte einen Rotzbrocken ins Wasser. Der alte Mann lachte in sich hinein.

Auf dem Pier fragte die alte Frau sie, ob alles in Ordnung sei. Beide nickten, und die alte Frau lachte und löste die Spannung auf. Sie hatte ihnen Brote mit Salat und Tomaten mitgebracht und schwenkte sie grinsend.

Sie setzten sich auf den Rand des Piers, und die alte Frau legte dem Jungen einen Arm um die Schultern und sagte, sie sei froh, dass ihr Mann einen Partner für seine Ausflüge aufs Wasser gefunden habe.

«Er hat ein neues Glück», sagte sie.

Der Junge sah sie unter einer Haarsträhne hervor an.

«Wir hatten nie Kinder», sagte sie.

Der alte Mann hustete und warf ihr einen warnenden Blick zu, aber sie lächelte nur zurück.

«Du bist braun geworden», sagte sie zu dem Jungen, und er strich sich über das Gesicht, als wäre es nicht seins.

Sie nahmen ihn mit ins Haus. Er war überrascht von der Ärmlichkeit. Sie trug ein blasses Hauskleid, und ihre Hausschuhe waren aus einem abgetretenen Stück Teppich gemacht. Aus einem ramponierten Sofa quoll die Füllung. Der troddelgesäumte Läufer auf dem Klavier war ausgefranst. Ein leerer Vogelkäfig hing von der Decke, und in dem spärlichen Licht, das durch die kaputten Rollläden fiel, konnte man sehen, dass die Wände gestrichen werden mussten.

Die Frau wärmte eine seltsam riechende Suppe auf, und als sie ihm die Tasse reichte, bemerkte er eine milchige Fäule in ihrem Atem. Sie gab ihm ein rundes Brot mit einem Loch in der Mitte, das wie ein Doughnut aussah. Sie nannte es *baronka* und sagte, woanders heiße es auch «Bagel». Sie hatte es selbst gebacken. Es schmeckte frisch, und er fragte sich, was für Schachfiguren er daraus würde machen können. Er streckte die Füße zum elektrischen Heizofen, der vor dem offenen Kamin stand und unregelmäßige Wärme verströmte. Zwei Schürhaken und eine Feuerzange lagen neben dem Kamin, und der Junge wunderte sich, dass sie kein echtes Feuer machten, und als er den alten Mann fragte, sagte der, im Schornstein brüte eine Mauerseglerfamilie, die er nicht ausräuchern wolle. Als seine Frau und er eingezogen seien, habe es sich angehört, als würde der Schornstein singen.

Als er die Suppe gegessen hatte, fragte ihn die alte Frau, ob es ihm geschmeckt habe. Das Brot war gut, aber eine schrecklichere Suppe hatte der Junge noch nie gegessen. Trotzdem sagte er, sie sei sehr lecker gewesen, und sie lächelte ihm zu und setzte sich in einen alten Drehstuhl aus Eichenholz. Sie drehte sich hin und her und summte dabei vor sich hin. Er sah, dass ihr Hauskleid an den Ellbogen fadenscheinig war. Doch an einem Handgelenk trug sie breite, reich verzierte Armbänder.

Sie schwiegen lange, bis die Frau aufstand, die Hand des Jungen nahm und die angefangene Tätowierung auf seinem Zeigefinger musterte. Sie sagte zu ihrem Mann etwas Schnelles, Gutturales in ihrer Sprache und wandte sich wieder dem Jungen zu.

«Du solltest das nicht tun», sagte sie.

Sie sah ihn eigenartig an, und der Mann nickte und riss mit den Zähnen ein Stück von seinem Brot ab. Der Junge dachte, dass es zwischen ihnen ein Geheimnis geben musste. Sie lehnte sich in ihrem Sessel zurück und schien in Gedanken woanders zu sein. Der Junge betrachtete die Fotos auf dem Kaminsims und sah dem Pendel einer uralten Uhr zu.

Ein hohes, hartes Gefühl der Leere traf ihn im Bauch, und er stellte seine Tasse auf dem Tisch ab und verabschiedete sich. Die alte Frau stand auf und begleitete ihn zur Tür, nahm seine Hand, strich mit dem Finger über die angefangene Tätowierung und beugte sich vor.

«Ich habe gehört von deinem Onkel. Ich hoffe, alles wird gut.»

«Danke.»

«Wenn du älter bist», sagte sie, «wirst du erkennen, dass Schmerz nicht sehr überraschend ist. Verstehst du?»

«Ja.»

Er wandte sich ein wenig ab, und sie küsste ihn auf die Seite seines Kopfes.

«Du bist ein guter Junge», sagte sie.

Er hatte Angst, als er den Weg entlangrannte, vorbei an blühenden Rosen, und als er weit vom Haus entfernt war, rieb er die Stelle, wo sie ihn geküsst hatte. Es war, als wäre er innerhalb und außerhalb ihres Glücks, als könnte er hinein- und hinaustreten, als könnte er sie lieben und gleichermaßen hassen – wie ein Paddel, das zu beiden Seiten des Bootes ins Wasser getaucht wurde.

Er verbrachte den Tag damit, in der Stadt umherzulaufen. Am Kiosk stahl er eine Zeitung mit den neuesten Nachrichten, aber sein Onkel war nirgends erwähnt. Er las einen Leitartikel, in dem es hieß, der Hungerstreik sei wie die Bemühungen eines Erfrierenden, sich zu wärmen, indem er sich selbst in Brand stecke. Er versuchte, das zu verstehen, aber es gelang ihm nicht, und so verbrannte er die Zeitung an der hinteren Begrenzungsmauer des Handballfelds und zerstampfte die Glut.

Zu Hause erreichten die Unruhen einen Höhepunkt. Einige Gefängniswärter waren ermordet worden. In Twinbrook hatte man zwei jugendliche Autodiebe erschossen.

Ein junges Mädchen, das Milch eingekauft hatte, war von einem Gummigeschoss am Kopf getroffen worden und lag im Koma. Irgendjemand hatte eine ganze Kuhherde geschlachtet, weil sie einem katholischen Farmer gehörte, und die Kadaver in Form des Wortes NO auf die Weide gelegt. Der Junge versuchte sich die toten Kühe vorzustellen: eine nach der anderen hintereinander aufgereiht, den Schwanz in dem Blut, das aus der Kehle der nächsten sickerte.

Er begann, es als ein seltsames Schachspiel zu betrachten, bei dem er mitmachte, in vorderster Front, eine kleine Figur, die sich auf das Ende des Bretts zubewegte, und das konnte ein Pier oder eine Klippe oder irgendein Teil der Stadt sein, in der er herumging.

Die Fersennaht seines linken Schuhs war aufgeplatzt und öffnete und schloss sich im Rhythmus seiner Schritte. In dem Schrottwagen über der Bucht überlegte er, ob er das letzte unbeschädigte Fenster eintreten sollte, doch stattdessen legte er sich auf den Rücksitz und lehnte den Kopf an den Türrahmen und schrak hoch, als ein weißes Pferd ihn anstarrte. Das Pferd blähte die Nüstern, schüttelte wiehernd den Kopf und galoppierte davon. Er war sicher, den Geist seines Onkels gesehen zu haben, rannte zurück und stürzte atemlos in den Wohnwagen. Die Tür knallte laut. Das Radio war eingeschaltet. Seine Mutter schrieb gerade Songs in ihr Heft. Sie sah auf und schüttelte nur den Kopf: Nein.

Fünfundfünfzigster Tag: 117,4 lbs   53 kg   100/40
Es ist wohl nicht mehr viel von ihm übrig.

Am Morgen saß sie am Tisch, hatte die Knie angezogen und die Füße auf den Stuhl gestellt. Sie hatte Pfannkuchen für ihn gebacken. Er bemerkte, dass ihre Augen verquollen waren und sie älter aussah als je zuvor. Sie hatte sich seit zwei Monaten nicht mehr die Haare gefärbt, und an ihren Schläfen waren ein paar graue Strähnen. Sie starrte aus dem Wohnwagenfenster.

«Es wird alles gut, Mama», sagte er.

Sie sah ihn an und lächelte.

«Es wird gut ausgehen.»

«Was hast du gesagt?»

«Mach dir keine Sorgen, Mama.»

Sie sagte, er klinge in letzter Zeit immer mehr wie sein Vater – er habe sogar denselben kecken Ton.

«Er hat so alberne Sachen gemacht», sagte sie. «Einmal hat er im Kopfstand eine ganze Flasche Cola getrunken. Und ein anderes Mal hat er absichtlich einen wackligen Tisch gezimmert, an dem er dann gern saß und las. Das muss man sich mal vorstellen. Alle Beine waren unterschiedlich lang, und je nachdem, wo man drückte, schwankte der Tisch wie ein Schiff auf dem Meer.»

«Warum hat er das gemacht?»

«Einfach so», sagte sie. «Er war ein Spaßvogel. Er hat den Leuten alle möglichen Streiche gespielt. Einmal hat er einen Kochlöffel mit Superkleber eingeschmiert, und ich bekam ihn nicht mehr von der Hand. Er fand das zum Totlachen.»

«Ich bin aber kein Spaßvogel.»

«Nein, aber einen so witzigen Jungen wie dich hab ich echt noch nie gesehen.»

«Du hast ‹echt› gesagt!»

«Ja.»

«Das ist toll, Mama.»

Sie saßen am Tisch und schnitten die Pfannkuchen in immer kleinere Stücke.

«Ach, deine arme Großmutter», sagte sie plötzlich, «deine arme, arme Großmutter.»

Der Junge wusste nicht, was er sagen sollte, und um ihr eine Freude zu machen, goss er Sirup über die Pfannkuchenstücke und aß sie mit so viel Genuss wie möglich. Der Sirup schmeckte sehr süß, und er spülte ihn mit Tee hinunter, den er in hastigen Schlucken trank. Einen Augenblick lang dachte er, er müsse sich übergeben.

Seine Mutter zog die Beine noch weiter an, sodass ihr Kinn auf den Knien ruhte.

«Was wollen wir heute machen?», fragte sie.

«Wir könnten nach Galway trampen und einkaufen gehen», sagte er.

«Könnten wir.»

«Oder wir könnten schwimmen gehen.»

«Das ist eine tolle Idee», sagte sie. «Das ist die beste Idee, die du je gehabt hast!»

Sie nahm seine Hand und zog ihn vom Stuhl hoch. Dann stopfte sie ihren Badeanzug, seine Badehose und ein paar Handtücher in eine weiße Plastiktüte. Sie stieß die Tür des Wohnwagens auf und schlug nicht den Weg zur Stadt ein, sondern ging in östlicher Richtung auf die Landzunge, an dem verlassenen Vauxhall vorbei. Sie sprang über eine Reihe Felsen, hielt seine Hand und lachte, und als sie in die Nähe des Strandes kamen, verschwand sie hinter einem großen Felsblock und zog ihren schwarzen Badeanzug an. Ihre Haut war so bleich wie Kerzenwachs.

«Der Letzte ist ein faules Ei!», rief sie und stieg vorsichtig über die Felsen ins Wasser.

Die Wellen rollten auf sie zu und brachen sich an ihrer Taille, und sie erschienen ihm wie sich öffnende Hände. Sie watete hinein, bis das Wasser über ihre Brüste reichte, und tauchte unter. Zwanzig Meter weiter tauchte sie wieder auf und winkte ihm.

Er ging hinter einen anderen Felsen und zog seine Badehose an. Als er ihr ins Wasser folgte, machte sie bereits einen Schaumstreifen, der sich zu einem V teilte. Er schwamm schneller als sie und hatte sie bald erreicht und überholt. Sie trat Wasser und spritzte nach ihm. Er spritzte zurück, und sie lachten beide.

Er tauchte und schwamm durch die salzige Dunkelheit weg von ihr. Er ließ den Blick über das Wasser schweifen, aber der Kajak war nirgends zu sehen.

Sie schwammen eine Viertelstunde lang, und dann gingen sie wieder den Hügel hinauf und unterhielten sich über das Lied, das sie gerade schrieb. Es ging darin um Möwen und wie sie auf Futtersuche hinabtauchten. Sie summte ihm ein paar Zeilen vor und fragte ihn, wie ihm die Melodie gefiel, und er sagte, er finde sie sehr schön. Sie erklärte, sie wolle das Lied seinem Onkel widmen, und der Junge legte seinen Arm um sie und drückte sie an sich. Sie legte den Kopf an seine Schulter.

«Du wirst langsam ganz schön groß», sagte sie.

Er half ihr den Hügel hinauf und dachte, dass seine Kindheit mit einem Mal von ihm abgefallen war, dass er sie im Meer abgestreift hatte wie eine Haut.

Er forderte sie zu einer Partie heraus. Die Regel war, dass jede geschlagene Figur gegessen werden musste. Nach sieben Zügen opferte er seine Königin. Er ging zum Kühlschrank, holte Butter und Marmelade und strich beides darauf. Diesmal wurde er nicht wütend, als sie sagte, es schmecke köstlich, und sie spielten weiter, bis alle Figuren außer den Königen und einem ihrer Bauern aufgegessen waren.

«Patt», sagte sie.

Als sie seine Hand tätschelte, zuckte er nicht zurück.

«Heute oder morgen», sagte sie.

«Ich weiß.»

«Das ist das Schlimmste, nicht?», sagte sie. «Dass man es weiß. Dass man weiß, wie unausweichlich es ist.»

«Das kann man nie wissen, Mama.»

«Es ist schwer zu glauben.»

«Ja.»

«Weißt du was? Ich wäre gern für eine Weile allein, Schatz.»

«Ja. Klar.»

Er machte noch einen Satz Figuren, ging in die Stadt und klopfte an die Tür des alten Mannes. Er hatte vergessen, den Litauer zu fragen, war aber sicher, dass er Schach spielte. Nachdem er sechsmal geklopft hatte, trat er gegen die Tür, aber es war trotzdem niemand zu Hause. Er überlegte, ob er einbrechen und nachsehen sollte, ob irgendwo Zigaretten herumlagen, aber auf dem Pier standen Fischer, die ihn beobachteten.

Er schob die Hände in die Taschen und ging mit den Schachfiguren, die er in eine kleine Plastiktüte gesteckt hatte, durch die Stadt. Ihm kam ein Gedanke, und er begann, Figuren an verschiedenen Stellen zu verteilen: einen Turm, den er in den Briefkasten warf, einen Läufer, den er in den Nachttresor der Bank steckte, vier Bauern, die er auf die Mauer am Handballfeld stellte, eine Königin, die er auf der Waage vor der Apotheke stehen ließ, und zwei Springer, die er auf einem Poller am Pier arrangierte. Er suchte das Meer nach dem Kajak ab, doch der war nirgends zu sehen. Da er hungrig war, aß er die restlichen Figuren.

Als der Kajak in den Hafen einbog, tat er, als sehe er ihn nicht. Er saß einfach auf dem Pier und ließ die Beine baumeln.

Der alte Mann trat hinter ihn und sagte: «Hallo.»

Der Junge gab keine Antwort.

«Rasa geht es heute gut, und sie ist so lange nicht mehr mit dem Boot gefahren. Wir dachten, die Sonne würde ihr gut tun.»

«Ja.»

«Es tut mir Leid, dass wir nicht auf dich gewartet haben.»

«Macht nichts.»

«Ich hoffe, du bist uns nicht böse.»

«Nein.»

«Möchtest du etwas Suppe?»

«Nein.»

«Sie schmeckt schrecklich, stimmt's?», sagte der alte Mann und lachte. «Sie ist die schlechteste Köchin der Welt. Als ich sie geheiratet habe, wusste ich das noch nicht.»

Der Junge drehte sich um und versuchte zu lächeln.

«Kommst du morgen?»

«Ja.»

«Wie geht's deinem Onkel?»

«Prima.»

Der Litauer legte die Hand auf seine Schulter. «Du bist stark.»

«Danke.»

«Also dann bis morgen?»

«Ja, bis morgen.»

Hungerstreik **109**

Er sah zu, wie der alte Mann und seine Frau das Boot zum Haus trugen, und er hörte ihre dumpfen Stimmen, die in dem Hohlraum widerhallten.

Er hatte auf dem Pier ein paar Zigarettenkippen gefunden und holte sie aus der Tasche. An einer war Lippenstift, und er rauchte sie mit Genuss. Er fragte sich, ob sein Onkel in diesem Stadium des Streiks, am einundsechzigsten Tag, noch rauchte, und er schloss die Augen und hatte eine scharf umrissene Vision: sein Onkel, eine untergegangene Sprache im Neonlicht, hingestreckt, die Augen starr und weit aufgerissen, schmallippige Krankenschwestern, die sich über ihn beugten, Infusionsbeutel als Argument gegen die Letzte Ölung, kein Gefühl mehr in Fingern, Zehen, Armen, Beinen, schrecklich hervorstehende Rippen, der dumpfe Herzschlag unter seiner Haut, ein Körper, der jetzt auf die Eiweißreserven des Gehirns zurückgriff.

Der Junge wischte sich die Tränen ab und schrie das Meer an. Er schrie jeden Fluch, den er kannte. Hinter ihm läuteten die Kirchenglocken, und er wusste, dass seine Mutter sich inzwischen Sorgen machte, doch er saß auf dem Pier und rührte sich nicht.

Kurz vor Sonnenuntergang kam sie, und er sah, wie sie in die Telefonzelle trat. Sie nickte zu dem, was sie hörte. Er ärgerte sich über die enge dunkelrote Bluse, die sie trug, und er war sicher, dass sie wütend war, weil er den ganzen Tag nicht nach Hause gekommen war, aber nachdem sie den Hörer aufgehängt hatte, kam sie zu ihm, setzte sich neben ihn und sagte, es gebe nichts Neues.

«Heute oder morgen», sagte sie.

Sie sagte es im selben Tonfall, in dem sie ihre Gebete sprach. Dem Jungen fiel das Gebet ein, das sie in letzter

Zeit oft sprach. Es endete mit den Worten: «... nach dieser unserer Verbannung.»

Sie sahen zu, wie die Sonne unterging. Sie versank leuchtend rot am Horizont und warf ihr letztes Licht freigebig über den Himmel. Die Möwen stießen dünne, gepresste Schreie aus, während sie tief über den Pier hinwegflogen. Das Wasser schlug grau an das Mauerwerk. Der Junge dachte, dass alles auf der Welt von einer Einsamkeit umgeben war. Seine Mutter sah ihn an, nahm kurz seine Hand und sagte, er solle zu Hause sein, bevor es dunkel wurde. Und er ließ zu, dass sie ihn auf die Wange küsste.

Es war ganz dunkel, und im Osten waren bereits ein paar Sterne zu sehen.

Er blieb lange bei der Telefonzelle am Pier stehen. Das Läuten klang laut und schrill. Der Hörer vibrierte. Er öffnete die Tür der Zelle, und die spiralförmige Schnur schaukelte im Wind. Seine Hand hielt mitten in der Bewegung inne, und dann beschloss er, den Hörer nicht abzunehmen. Das Läuten klang wie eine Totenklage. Bald würde seine Mutter es hören und kommen und den Hörer abnehmen, und dann würde er es genau wissen. Er merkte, dass er zitterte, und als es aufhörte zu läuten, ließ er den Kopf auf die Brust sinken.

Er schlich zur Seite des Hauses, spähte in das Fenster der beiden alten Litauer und sah, dass sie schliefen, Rücken an Rücken.

Die alte Frau hatte ihr Haar gelöst, und einige Strähnen waren über das Gesicht ihres Mannes gefallen. Neben ihr wirkte er riesig.

Der Junge konnte noch immer den Kuss der alten Frau spüren, als trüge er dort ein Stigma. Sein Kinn an der Fensterscheibe fühlte sich kalt an. Geduckt verließ er das Fenster und ging zur Rückseite des Hauses.

Ohne die Paddel ließ sich das Boot mühelos tragen. Er packte es am Rand, hob es mit einer Hand hoch, bugsierte es den kurzen Weg entlang und blieb nur einmal an einem Rosenbusch hängen.

Er war jetzt stärker, und der Kajak kam ihm leicht vor.

Am Strand zog er ihn hinter sich her. Lange Zeit sah er hinaus aufs Meer, wo die phosphoreszierenden Wellen sich auf den Sand warfen, als wären sie Brüder. Es waren keine Boote unterwegs, und das Wasser war tiefschwarz. Das Blut rauschte in seinen Adern. Ihn schwindelte, als er sich umdrehte, zu dem Pfahl mit dem Rettungsring ging und den Kajak dagegen lehnte. Er stieß den Bug in den Sand und band das Boot an den Pfahl. Seine Hände zitterten, aber er machte einen festen Knoten. Der Kajak stand da wie ein missgestalteter Mann, und wo der Mund hätte sein sollen, war ein Klecks Vogelscheiße. Er setzte sich, starrte ihn eine Weile an und versuchte, das Zittern zu beruhigen.

Wieder läutete das Telefon, aber er ließ es läuten. Er stand auf und ging über den Strand, wobei er sich immer wieder nach dem Kajak umsah, bis er am Fuß des Piers ein paar große Steine fand.

Er schleppte sie hinunter und stapelte sie zu einem großen Haufen, und dann hob er den ersten hoch in die Luft und spürte den Schauer, der durch seinen Körper lief, als er ihn gegen den Kajak warf. Er war überrascht über die Flugbahn des Steins und verwirrt, dass er es war, der ihn geworfen hatte. Der Stein traf das Boot mit einem dumpfen Knall und ließ dort, wo er landete, den Sand aufstieben. Der Junge biss sich auf die Lippe und warf den nächsten Stein.

Eine schmale Mondsichel hing am Himmel. Auf seinen

nackten Armen fühlte der Wind sich kühl an. Die Flut kam beharrlich näher.

Er nahm einen größeren Stein und schleuderte ihn gegen den Kajak. Der Stein prallte abermals ab, und er verfluchte die Robustheit des Bootes. Er ging hin und schlug mit einem Stein immer wieder auf dieselbe Stelle, bis er einen feinen Haarriss sah. Noch einmal suchte er den Strand ab und fand noch größere Steine. Er zitterte jetzt am ganzen Körper. Er war auf der Straße. Er war auf einer Beerdigung. Er hatte eine Flasche voll Feuer in der Hand. Er war in einer Gefängniszelle. Er schob einen Teller von sich.

Erst nach dem zwölften Stein und dem erneuten beharrlichen Läuten des Telefons sah er die spinnwebfeinen Sprünge im Fiberglas.

Er spürte einen Adrenalinstoß im Bauch, als er auf das Boot zuging und mit den Fäusten darauf einschlug, bis seine Knöchel bluteten, und dann legte er das Gesicht an den kühlen Rumpf des Kajaks und weinte.

Als das Schluchzen nachließ, hob der Junge den Kopf, sah über seine Schulter und bemerkte das Licht im Haus der Litauer: Die Haustür war offen, die beiden standen da, hielten sich an den Händen und sahen ihm zu. Der alte Mann blinzelte, und die alte Frau blickte zärtlich.

Die Deutsche Bibliothek verzeichnet diese Publikation in der
deutschen Nationalbibliografie; detaillierte bibliografische Daten
sind im Internet unter http://dnb.ddb.de abrufbar.

1. Auflage 2004
© 2004 by **mare**buchverlag, Hamburg
Wege zum Meer
Introduction Copyright © Colum McCann 2004
All rights reserved
Hungerstreik, aus: *Wie alles in diesem Land*
Lizenzausgabe mit freundlicher Genehmigung der Rowohlt Verlag GmbH
Copyright © 2000 by Colum McCann
Copyright © 2001 by Rowohlt Verlag GmbH, Reinbek bei Hamburg
Alle Rechte vorbehalten,
auch das der fotomechanischen Wiedergabe

Umschlaggestaltung ⑤ sans serif, Berlin
Typografie und Einband
Farnschläder & Mahlstedt Typografie, Hamburg
Schrift Stempel Garamond und Linotype Syntax
Druck und Bindung Clausen & Bosse, Leck
Printed in Germany
ISBN 3-936384-17-7

Von **mare** gibt es mehr als Bücher:
www.mare.de

marebibliothek
Autoren erzählen ihre Geschichte vom Meer

Band 1 **David Foster Wallace**
Schrecklich amüsant – aber in Zukunft ohne mich
184 S. Geb. € 18,00 ISBN 3-936384-00-2

Band 2 **Antje Rávic Strubel** Fremd Gehen
192 S. Geb. € 18,00 ISBN 3-936384-01-0

Band 3 **Hanan al-Shaykh** Zwei Frauen am Meer
120 S. Geb. € 18,00 ISBN 3-936384-02-9

Band 4 Meer von **Robert Gernhardt**
160 S. Geb. € 18,00 ISBN 3-936384-03-7

Band 5 **Gregor Hens** Transfer Lounge
144 S. Geb. € 18,00 ISBN 3-936384-04-5

Band 6 **Björn Larsson** Kap Zorn
264 S. Geb. € 18,00 ISBN 3-936384-05-3

Band 7 **Annegret Held** Das Zimmermädchen
252 S. Geb. € 18,00 ISBN 3-936384-06-1

Band 8 **L. Begley / A. Muhlstein** Venedig unter vier Augen
168 S. Geb. € 18,00 ISBN 3-936384-07-X

Band 9 **Jon Fosse** Das ist Alise
120 S. Geb. € 18,00 ISBN 3-936384-08-8

marebibliothek

Band 11 **William T. Vollmann** Afghanistan Picture Show
384 S. Geb. € 22,00 ISBN 3-936384-10-X

Band 12 **Dragan Velikić** Dossier Domaszewski
192 S. Geb. € 18,00 ISBN 3-936384-11-8

Band 13 **Felicitas Hoppe** Verbrecher und Versager
156 S. Geb. € 18,00 ISBN 3-936384-12-6

Band 14 **Julia Whitty** Jimmy unter Wasser
192 S. Geb. € 18,00 ISBN 3-936384-13-4

Band 15 **Gert Heidenreich** Die Steinesammlerin von Etretat
240 S. Geb. € 22,00 ISBN 3-936384-14-2

Band 16 **Denis Johnson** Train Dreams
120 S. Geb. € 18,00 ISBN 3-936384-15-0

Band 17 **Martin Grzimek** Das Austernfest
204 S. Geb. € 18,00 ISBN 3-936384-16-9

Band 18 **Colum McCann** Hungerstreik
120 S. Geb. € 18,00 ISBN 3-936384-17-7

Weitere Informationen zu den einzelnen Titeln finden Sie auf
unserer Homepage unter **www.mare.de**.

marebibliothek

Gert Heidenreich
Die Steinesammlerin von Etretat
240 S. Geb. € 22,00
ISBN 3-936384-14-2

«Vielleicht muss man das Meer in sich haben, um als Erzähler so aus der Tiefe schöpfen zu können.»
Süddeutsche Zeitung

Die Geschichte der Steinesammlerin ist die Geschichte von einer Liebe zwischen einer Französin und einem Deutschen im Kriegs- und im Nachkriegsfrankreich - eine zeitlose Parabel von Liebe und Tod, von der unendlichen Weite des Meeres, vor deren Hintergrund auch die größte Schuld zweier Menschen ein erträgliches Maß findet.

marebibliothek

Felicitas Hoppe
Verbrecher und Versager
156 S. Geb. € 18,00
ISBN 3-936384-12-6

«Warum wird uns solche Prosakunst so selten serviert?»
Die Zeit

Felicitas Hoppe nimmt sich fünf historische Figuren vor - fünf Fälle von seltener Hoffnungslosigkeit. Sie folgt den krummen Lebenslinien von Gaunern, Aufschneidern, Maulhelden und Pechvögeln, die eines vereint: Um sich so weit wie möglich vom Ort des eigenen Versagens zu entfernen, trieb es sie hinaus aufs Meer.

marebibliothek